中华魂
ZHONGHUA HUN

百部爱国故事丛书

上甘岭上壮烈歌

——黄继光和他的战友们

关 静 张正忠 编著

吉林人民出版社

图书在版编目（CIP）数据

上甘岭上壮烈歌：黄继光和他的战友们 / 关静，张正忠编著 . -- 长春：吉林人民出版社，2011.3（2021.8重印）
（中华魂·百部爱国故事丛书）
ISBN 978-7-206-07541-4

Ⅰ . ①上… Ⅱ . ①关… ②张… Ⅲ . ①革命故事—中国—当代 Ⅳ . ① I247.8

中国版本图书馆 CIP 数据核字 (2011) 第 032601 号

上甘岭上壮烈歌
——黄继光和他的战友们
SHANGGANLING SHANG ZHUANGLIE GE
——HUANG JIGUANG HE TA DE ZHANYOU MEN

编　　著：关　静　张正忠
责任编辑：刘子莹　　　　封面设计：孙浩瀚
制　　作：吉林人民出版社图文设计印务中心
吉林人民出版社出版 发行（长春市人民大街7548号　邮政编码：130022）
印　刷：北京一鑫印务有限责任公司
开　本：787mm×1092mm　　1/16
印　张：8　　　　　字　数：64千字
标准书号：ISBN 978-7-206-07541-4
版　次：2011年3月第1版　　印　次：2021年8月第2次印刷
定　价：35.00元

如发现印装质量问题，影响阅读，请与出版社联系调换。

总　序

《中华魂》是一套故事丛书。它汇集了我国自鸦片战争以来一百八十余年间的近百位民族英雄、仁人志士、革命领袖、先进模范人物的生动感人事迹,表现了他们作为中华儿女的伟大的爱国主义精神。

爱国主义是人们对于"生于斯、长于斯、衣食于斯"的祖国的一种神圣感情,是人们对于自己民族的一种强烈的责任感和使命感,是感召和激励整个中华民族的一面永不褪色的旗帜。在一百多年的中国近现代史上,爱国主义一直激励着中华儿女为祖国的独立、统一、进步和繁荣而英勇奋斗。从"苟利国家生死以,岂因祸福避趋之"的林则徐,到"我自横刀向天笑,去留肝胆两昆仑"的谭嗣同;从"铁肩担道义,妙手著文章"的李大钊,到"青春换得江山壮,碧血染将天地红"的赵一曼;从"县委书记的好榜样"的焦裕禄,到"问鼎长天,扬我国威"的邓稼先……都表现出了强烈的爱国主义精神。正是由于热爱祖国的人们前仆后继地奋斗,国家和民族才得以生存,才能够在一次次历史危急关头转危为安,走向兴盛和富强,从而屹立于世界民族之林。爱国主义是鼓舞中华儿女历经忧患、跨越沧桑、百折不挠、自强不息的伟大力量,它贯穿于中华民族的整个历史,并有力地凝聚着五洲四海的中国人。

爱国主义是一个历史的范畴,在社会发展的不同阶段、不同时期有不同的具体内容。革命时期,需要我们为祖国的独立自主出生入死;建设时期,需要我们为祖国的繁荣富强增砖添瓦。在全国各族人民团结一心,开启全面建设

总序

社会主义现代化国家新征程的今天,我们要争做一名新时期的爱国者。新时期的爱国者要有强烈的民族自尊心、自豪感。民族自尊心、自豪感是任何时期、任何爱国者都必须具备的情感。民族自尊心能增强我们自立向上的恒心,民族自豪感能树立我们建设祖国的信心。要树立"祖国高于一切"的崇高信念,为了祖国和人民的利益不惜抛却个人的利益,甚至不惜牺牲个人的生命。我们要树立终身学习的理念,拓宽自己的知识面,广泛吸收新知识、新技术,完善自身的知识结构,更新学习知识的方法与理念,从思想上、知识上充分武装自己,为祖国的繁荣昌盛贡献力量。

爱国主义思想的继承和发扬,是关系到民族盛衰、国家兴亡的根本问题。爱国主义思想情操的形成,需要不断地培养。培养爱国主义精神的一个重要途径是向英雄人物和典范事迹学习和致敬。这套丛书的出版,对于青少年向英雄和先进人物学习,特别是对于在中小学生中进行爱国主义教育是不可多得的生动的教材。祝愿此书出版发行成功,为培养时代新人做出贡献。

胡维革

编委会

策　划：胡维革　吴铁光
　　　　林　巍　冯子龙
主　编：胡维革　邢万生
副主编：贾淑文　杨九屹
编　委：（按姓氏笔画为序）
　　　　于二辉　刘士琳
　　　　刘文辉　孙建军
　　　　李艳萍　吴兰萍
　　　　谷艳秋　隋　军

西方侵略者几百年来只要在东方一个海岸上架起几尊大炮就可以霸占一个国家的时代是一去不复返了,今天的任何帝国主义的侵略都是可以依靠人民的力量击败的。

——彭德怀

目 录

血战上甘岭　　　　　　/ 002

壮哉！黄继光　　　　　/ 025

坑道战奇迹　　　　　　/ 043

反击597.9高地　　　　　/ 059

收复537.7高地北山　　　/ 071

中华魂 百部爱国故事丛书
ZHONGHUA HUN

1952年的朝鲜半岛是一个战火纷飞的战场。10月6日，一架美机降落在釜山，美国陆军参谋长柯林斯将军偕同"联合国军"总司令克拉克等人再次到南朝鲜视察。他们发现"联合国军"在志愿军和人民军的连续打击下，在战场上已丧失先攻之利，在作战精神上也处于萎靡状态，主动权掌握在中国人民志愿军和朝鲜人民军手中。

拓展阅读

黄继光生平

黄继光，生于四川省中江县，中国人民志愿军第45师135团9连的通讯员。1952年10月19日在朝鲜上甘岭地区597.9高地阵亡。被中国人民志愿军领导机关追记特等功，并授予"特级英雄"称号；所在部队党委追认他为中国共产党正式党员；朝鲜民主主义人民共和国最高人民会议常任委员会授予他"朝鲜民主主义人民共和国英雄"称号和金星奖章、一级国旗勋章。

柯林斯在同克拉克、美国第八集团军司令范佛里特和南朝鲜总统李承晚进行磋商和谋划之后，为了扭转其被动局面，改善其谈判地位，下令"联合国军"于10月14日集中兵力，向自愿军发动了自1951年秋季以后规模最大的以上甘岭地区为主要进攻目标的"金化攻势"。炮火纷飞的上甘岭成为世界瞩目的焦点。

血战上甘岭

上甘岭是朝鲜中部的一个小山村。它是志愿军中部战线朝鲜战略要点五圣山的前沿阵地。五圣山位于金城、金化、平康这一三角地区的中央，地势险峻，海拔1000多米，是中部战线的最高峰。五圣山西临平康平原，东扼由金化经金城通往通川至东海岸的公路，南距"联合国军"所占金化仅7公里，可以在山上俯

瞰其纵深，对"联合国军"由金化通子康或金城的交通干线构成很大的威胁。

美国人对于"金化攻势"十分重视。这次战役由美国第八集团军司令范佛里特亲自部署和指挥。进攻前，范佛里特对于美军和南朝鲜军队的部署作了大的调整。美军第七师第三十一团接管了鸡雄山，这里原是南朝鲜第二师一个连的阵地。担任这次战役进攻的部队是原驻扎在万渊里、后川里一线防守的美第九军第七师和南朝鲜第二师。鸡雄山是美军进攻的集结地区。

美军另将其预备队美第四十师由加平调至铁原西南地区归第九军指挥。同时以小股部队向上甘岭前沿的597.9高地和537.7高地北山等处进行试探性的进攻。

位于五圣山主峰南侧4公里的上甘岭，其左侧是537.7高地北山，右侧是597.9高地。敌人要北侵就要先拿下五圣山，而要夺取五圣山，就必须首先夺取这

上甘岭某处坑道阵地

两个高地。如果敌军夺取了五圣山主峰，则我军中部就被打开一个缺口。过了五圣山就是平原地区，这为美军装备精良的机械化部队提供了发挥优势的场所。进而由志愿军所坚守的平康、金城以北地区就会受到美军直接攻击的威胁。

中国人民志愿军

10月12日，铺天盖地、震耳欲聋的炮声打破了金化以北五圣山秋夜的寂静。完成集结后的美军以300多门大炮、数百架飞机向上甘岭实施狂轰滥炸。连续两天的火力突击，使人喘不过气来，炸弹像暴雨一样倾泻下来，像要把整个山头劈开似的。上甘岭上烟尘腾腾，碎石横飞，阵地上一人多深的交通沟被打得无影无踪，坚硬的岩石在剧烈的爆炸中变成了各式的粉末。

14日凌晨5时，美第七师、南朝鲜第二师各一部共7个营的兵力，向我597.9和537.7高地北山阵地发起猛烈的进攻，闻名世界的上甘岭战役开始了。

在上甘岭地区负责防守的是志愿军第十五军。他们根据志愿军总部关于准备粉碎敌人反扑的指示，制定了粉碎"联合国军"3至4个师进攻的防御作战计划，并做了各方面的准备。他们在正面阵地上构筑坑道720条，全长42000米，此外还有明暗火力点217个。在上甘岭等处，十五军埋地雷2100余枚，此外还有大量的防坦克壕、鹿砦、铁丝网等。

14日3时起，敌军在从12日开始的连续两天的航空兵、炮兵的火力突击之后，又进行了两个小时的猛烈炮火准备。

14日5时，敌军以7个营的兵力，在105毫米以上口径火炮300余门、坦克30余辆、飞机40余架的支援下，分六路向我597.9高地和537.7高地北山两阵地发起猛烈进攻。

上甘岭战役图

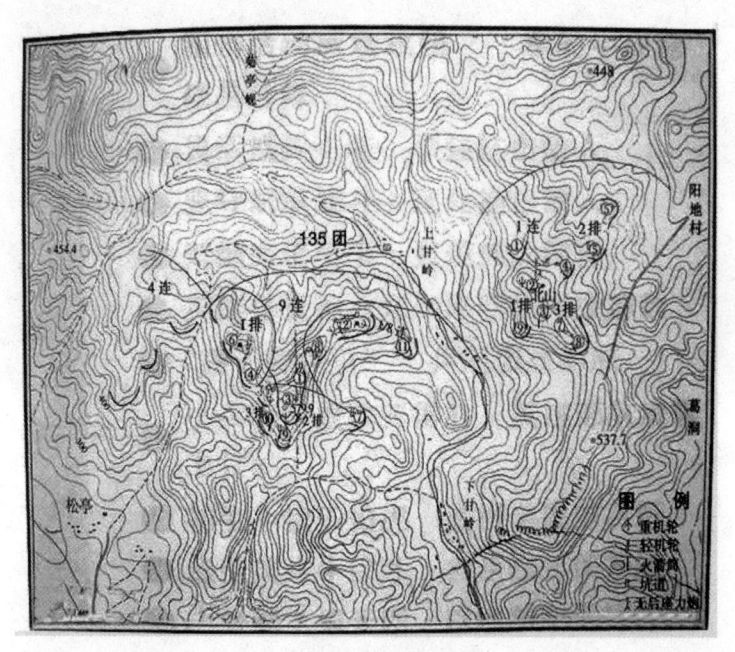

上甘岭战役地图

敌军对我597.9高地和537.7高地北山的进攻采取了以一个排至一个营的兵力，按照多路多波的方式进行了连续不断的冲击。这次冲击共发射炮弹30余万发，飞机轰炸投弹500余枚，防守这两个高地的我十五军一三五团损失惨重。

志愿军十五军一三五团在战斗开始时，仅有山、野、榴炮15门和八二迫击炮12门支援作战。由于火力相差悬殊，至13时左右，我军野战工事几乎全部被毁，人员伤亡较大，表面阵地大部被敌人占领。

我军从表面阵地转入坑道作战。晚19时，我军利

用敌人立足未稳之机，采用大规模的反击冲锋，敌军无法死守，只得慌忙退出，我军又恢复了表面阵地。

10月15日中午，志愿军司令部接到负责上甘岭地区防务的第十五军军长秦基伟、政委谷景生的报告之后，志愿军第二副司令员杨得志说："敌人打来了，我们当然要迎击，而且一定要把这一仗打好。"

针对敌人想以上甘岭为突破口的企图，杨得志将军和邓华将军研究决定：全面的战术反击一直要坚持

美军原第七师司令部所在地

下去，目的是牵制敌人，减轻十五军的压力。同时决定十五军的四十五师从反击计划中抽出，迅速到五圣山集结，增强守卫五圣山的力量，反击敌人的进攻。

杨得志将军又打电话给十五军所在的三兵团参谋长王蕴瑞，请他转告十五军的同志，不但要认真做好各项准备工作，还要准备付出巨大的代价。杨得志将军强调说："五圣山阵地是我们的屏障，一定要稳稳守住，志愿军司令部将全力支持你们。"

"请首长放心！"三兵团参谋长王蕴瑞说，"十五军已经开展了'一人舍命，十人难挡'的硬骨头活动。一线指战员们提出：过去讲，誓与阵地共存亡，现在讲，绝不让阵地丢半分。阵地要存，人也要存。"

的确，在这场反击战斗中，我军涌现了许多可歌可泣的英雄人物。他们高度的自我牺牲精神和机智灵活的战斗作风，表现了人民战士对祖国与和平事业的无限忠诚以及蔑视敌人的英雄气概。

在战斗的第一天，美国侵略军在上午用4个营的兵力，向上甘岭右侧597.9高地发起了14次猛烈的冲击。潮水般涌来的敌人一波接一波向我阵地冲击，但都被我军英勇的战士击退了。

到了下午，由于我军伤亡过大，消耗一时难以补充，战士们主动转入坑道作战。这样，敌人乘机派一个营的兵力爬上了我军前沿排的野战工事。敌人用钢板、木材和麻袋垒成了一连串露天的火力地堡。敌人的轻重机枪、火焰喷射器、六〇炮及无座力炮疯狂地从这些地堡里打出来，严密的火力网封锁了我军进行反击的道路。

天刚一黑，志愿军的反击炮火就开始延伸。敌人

中华魂 百部爱国故事丛书
ZHONGHUA HUN

美军战地设施

构筑的火力地堡在我军强大的炮火攻击下土崩瓦解。反击部队的突击排长孙占元趁此机会，带领突击排的战士冲出坑道，猛虎下山一样冲向敌人。

"赶快卧倒！"当他们接近敌人地堡仅100米左右时，残存的4个地堡中的16挺重机枪发射出了密集的火力。孙占元赶紧命令部下卧倒，突击排的冲锋受到挫折，整个突击排被敌人的火力压得抬不起头来。

这个阵地是他们一年来用鲜血争夺和用生命保卫的地方。现在敌人占领了表面阵地，生者又怎样向死去的战友交待呢？战士们隐蔽在弹坑内，愤怒地等待着反扑的机会。

突击排排长孙占元一面派人和坑道里的反击部队联络，一面命令突击班的爆破能手易才学炸掉第一个

上甘岭战役地图

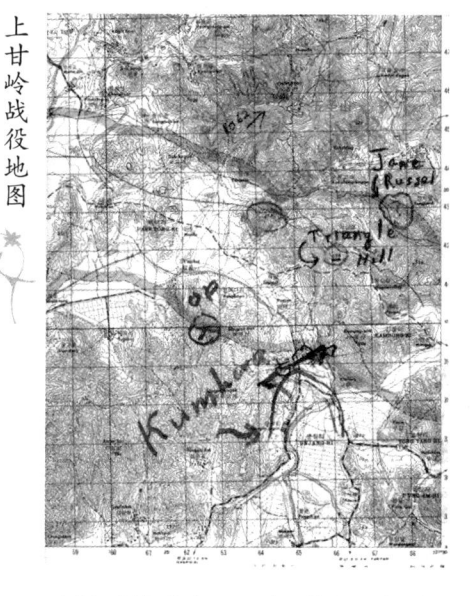

火力点。

易才学因为奔跑速度快，加上动作十分迅速，因而战友们戏称之为"飞毛腿"。他冒着敌人的火力网，跳过一个个弹坑和交错的交通壕，敏捷地摸到敌人的第一个火力点"轰"的一声，暗堡里的敌人还不知道怎么回事就上了天。

爆炸声惊动了别的火力点里的敌人，他们集中火力向易才学射来。易才学几次想从弹坑中冲出去，但密集的机枪子弹使他几次都没能抬起头来。

突然左边我突击排阵地的机枪吼叫了起来。易才

五圣山主峰，1062米

学听到排长孙占元的命令："从右边上，我用机枪掩护你。"敌人的火力立刻被吸引到左边去了。两军机枪互射，在夜空中留下炽红的交叉火网。

易才学借势从右边往上冲，但这时敌人发射了一颗照明弹，阵地上顿时像白昼一样，易才学在阵地上的身影马上映现在敌人眼里。第三个地堡里的机枪又扫射过来，易才学只好卧倒，匍匐前进。

为了活命，敌人拼命向易才学扫射，子弹一排排"嗖嗖"地从易才学的头上飞过，有的钻入地下，激起一串串呛人的烟尘，火药味弥漫了整个夜空。

黑夜给了易才学最好的掩护，他趁敌人照明弹熄灭之际，突然冲出弹坑，来到敌人的地堡边。但当他

上甘岭战役地图

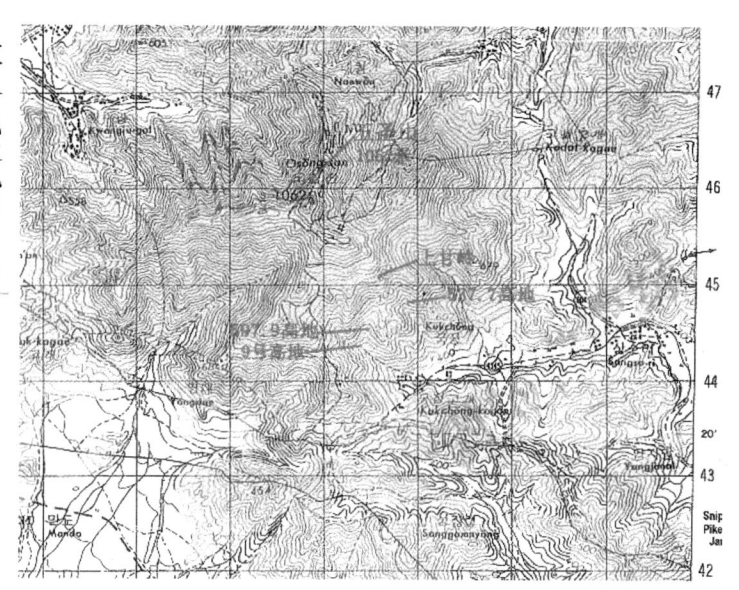

准备投弹时，发现敌人两个暗堡相距不过6米远，如果炸一个，另一个必然会置自己于死地。

为了使反击队伍能抢在敌人增援部队到来之前攻占这个阵地，易才学顾不得近距离爆破对自身的危险。他伏身于两个地堡中间，把两根爆破筒紧紧捆在一起，把腰里的手雷也解下来放在身边。他先滚向第二个地堡，双手把爆破筒扔了进去，然后他又迅速转回身，拿起手雷投进第三个地堡。

一阵沉闷的爆炸声里，敌人的两个地堡被炸飞了。由于无法迅速离开爆破现场，易才学被剧烈的爆炸震昏了过去。

易才学苏醒后，又回到突击排请战，这时敌人第

四个暗堡仍在肆虐，孙占元说："炸掉它，我来掩护你。"

身手敏捷的易才学又消失在夜幕中，他利用敌人机枪射击的间隙，爬进敌人地堡前的交通沟，随即把身体贴在地堡的两个枪眼之间。他敏捷地举起爆破筒，猛地投进地堡里，接着飞身扑到交通沟里。只听"轰"的一声，敌人最后一个暗堡火力也哑了。

易才学一人用手雷、手榴弹炸毁敌人七挺重机枪和五挺轻机枪，连续摧毁敌人四个火力点，为反击部队开辟了前进道路。

我军占领阵地后，易才学又抢修工事，坚守坑道，用缴获的机枪、迫击炮和手榴弹等武器击退敌人的多次反扑，巩固了阵地。战斗中，他共缴获机枪14

挺、卡宾枪73支、火焰喷射器两具，歼敌100余人。志愿军领导机关授予他"二级英雄称号"，并记特等功。

突击排长孙占元，带领全排与敌人争夺阵地，不幸腿部被敌人炮弹炸断，但他仍然顽强地指挥战斗。当敌人从侧后反扑过来时，他用缴获的两挺机枪射击敌人，一连打退敌人两次冲锋，毙伤敌80余人。在自己的弹药快打完的时候，他忍着剧痛爬到敌人的尸体堆里，从敌人尸体上解下手榴弹投向敌群。

当敌人踏着他们同伴的尸体拼命扑上来时，他握着仅有的一颗手榴弹，向山头上正奋勇杀敌的战友们高呼："同志们，狠狠地打呀，胜利是我们的。"当敌

人扑到他身边时,他毅然拉响了最后一颗手榴弹与敌人同归于尽。

在他的精神鼓舞下,战士们与敌人展开肉搏战,最后全歼了敌人,恢复了阵地。战后,志愿军领导机关授予孙占元"一级英雄"的称号,并记特等功。朝鲜民主主义人民共和国授予他"朝鲜民主主义人民共和国英雄"的称号,并授予一级国旗勋章和金星奖章。

美军为了配合这次"摊牌作战",15日又在库底进

战地模拟场景

保家衛國 ★ 抗美援朝

行了一次"佯攻登陆"。他们以美国第七舰队为核心，编成陆海空军合成第七机动登陆部队，制订周密的登陆计划，做好一切准备在海上游弋，其目的是分散中朝军队的前线兵力，引诱中朝增援部队进入登陆地区，然后以空军和地面炮兵将其歼灭。然而志愿军和人民军识破了他们的阴谋，不予理会，因而敌人一无所获。

15日起，连

硫磺岛激战

续两天，敌人以两个团又4个营的兵力，在强大炮火支援下，对两个高地再次轮番进攻。志愿军第四十五师以顽强阻击和积极的反冲锋与敌人进行争夺。这几天，天空阴云密布，敌军照明弹支援效果不佳，白天夺去阵地，擅长夜战的志愿军又在蒙蒙夜雨中反击夺回阵地，形成了反复拉锯的状态，战斗十分激烈。

18日，敌人凭借已占领的部分表面阵地继续扩展。志愿军两个高地的守备部队全部退守坑道。志愿军决定在19日17时，对占领高地的敌人实施反击。就在这次激烈的反击战中，志愿军革命英雄主义的杰出代表、闻名于世的特级英雄黄继光，在上甘岭用热血之躯铸造了顶天立地的丰碑。

拓展阅读

悲壮的上甘岭战役

在持续了43天的上甘岭战役中,"联合国军"向我志愿军防守的不足4平方公里的两个高地上投掷炸弹5000余枚,发射炮弹190多万发。在如此狭小的地段集中这样密集的火力,这在世界战争史上也是罕见的。山头几乎被削低了两米,山上的石土被轰击成为一米厚的粉末,走在高地上就像踩在土堆上一样,松土没膝。整个高地不要说树木光了,就连草茎也找不到。敌我都称它为"红山头"。

上甘岭战役的三个阶段

第一阶段:从10月14日至10月20日,我志愿军第十五军先后投入21个连队同敌人反复争夺表面阵地。

第二阶段:从10月21日至10月29日,我志愿军第十五军的前沿部队在敌人占领表面阵地的情况下,退守坑道,双方以坑道口为斗争焦点。

第三阶段:从10月30日至11月25日,我志

拓展阅读

愿军以第十二军集中力量反击，夺回上甘岭表面阵地，并一再打退敌人反扑。最后，敌方夺取上甘岭的计划被粉碎。

美军要拿上甘岭开刀

1952年8月，美国首脑指示"联合国军"总司令克拉克在朝鲜战场扭转被动局面。

克拉克在同美第八集团军司令范佛里特、韩国李承晚进行磋商和谋划后，决定集中兵力、火力，向上甘岭地区发动进攻。而范佛里特经过亲自勘探锁定攻击目标为上甘岭的597.9高地和537.7高地北山，并直接指挥这次战役。范佛里特还将此攻势称为"扭转当前战局"的"金化攻势"，又称"摊牌作战"。

五圣山是我们的屏障

上甘岭是朝鲜中部一个山村，位于金化以北五圣山南麓。五圣山是我中部战线的战略要地，也是朝鲜中部平康平原的天然屏障。而597.9高地和537.7高地这两个山头态势突出。敌人要夺取五圣山，必须首先夺取这两个高地。而如果敌人夺取了五圣山，就等于在我战线中央打开了一个缺口，可以进一步进到平康平原，敌人的坦克就可以发挥优势。

每秒钟落下6枚炮弹

1952年10月14日，上甘岭战役打响了。在随后43天的激烈争夺中，"联合国军"方面先后投入6万多兵力，出动飞机3000多架次，使用105毫米口径以上大炮300多门，向我志愿军防守的不足4平方公里的两个高地上投掷炸弹5000余枚，发射炮弹190多万发。用最多时达7个营的兵力进行集团冲锋，甚至一天达30多次。

简单对比一下，就会看出上甘岭战役的空前惨烈。1952年10月30日，我志愿军十五军炮群的104门大口径火炮，持续猛烈地向美陆军第七师的阵地轰击。一名美军中尉心有余悸地告诉随军记者："中国军队的炮火像下雨一样，每秒钟一发，可怕极了。我们根本没有藏身之地。"每秒钟一发炮弹美军就怕极了，殊不知，上甘岭战役的第一天，我志愿军官兵承受的是

拓展阅读

每秒钟6发炮弹的轰击。但是,我志愿军战士硬是以钢铁般的意志和顽强的作风,顶住了敌人的进攻,坚守阵地岿然不动。

一人舍命 十人难挡

此次战役,我军前23天的作战任务由秦基伟为军长的第十五军担负,后20天的作战任务由李德生副军长指挥下的第12军部队接替。在战斗的关键时刻,涌现出很多的英雄人物。

我军坚守阵地的排长孙占元在两腿被打断的情况下,仍然指挥战斗。他一个人打两挺机枪,直到子弹打完,敌人冲上阵地,他拉开仅有的一颗手榴弹导火线,和冲上来的敌人同归于尽。

22岁的通信员黄继光主动要求参加了三人爆破小组。在爆破过程中负伤后,忍着伤痛,从侧面接近敌地堡,伸开双臂扑向喷吐着烈焰的射击孔。

我军新战士胡修道在全班战友都伤亡的情况下,独自一人坚守3号阵地,英勇机智地击退敌军多次冲击,歼敌280余人,守住了阵地。

拓展阅读

上甘岭战役的影响

1.军威

上甘岭一战，打出了国威军威，向世界显示了志愿军英勇顽强的战斗作风。美第七师和韩第二师在战役中遭受了巨大的伤亡，迫使美军将战略预备队美第二十五师和韩第九师调上来，进一步加剧了其后备兵力不足的缺陷，并彻底消除了中朝方面关于能否在美军绝对优势火力下坚守阵地的忧虑，使得战线更加稳定，从而加速了谈判的进程。

2.英雄人物

十五军在战役中涌现出以特等英雄黄继光为代表的三等功以上各级战斗英雄共12347人，占该军总人数的27.5%，以四十五师一三四团八连为代表的英雄集体200余个。在43天中，拉响手榴弹、手雷、爆破筒与敌同归于尽，舍身炸地堡、堵枪眼的烈士留下姓名的就有38位之多！这种视死如归的壮烈与坚持坑道14昼夜的顽强，

拓展阅读

使得上甘岭成为五六十年代英勇顽强的代名词，上甘岭的精神成为一代人学习的榜样，也激发许多艺术家以上甘岭为素材，创造出许多脍炙人口的作品，如电影《上甘岭》、《英雄儿女》、《打击侵略者》等等。

壮哉！黄继光

10月19日下午，第一三五团第二营通信员黄继光跟营副参谋长张广生来到第六连，参加晚上的反击战。六连长万福来率部向597.9高地6号阵地猛插过去。黄继光和副参谋长在坑道口密切注意战斗进行的情况。

很快，6号、5号、4号阵地上空先后升起了胜利的信号弹。激烈的战斗又迅速地向零号阵地发展。零号阵地是597.9高地的一个制高点，位于3号、4号阵地之间。敌人用10多挺机枪，拼命封锁通往零号阵地的唯一山梁，妄图负隅顽抗。

从黄昏到深夜，第六连已

黄继光舍身堵枪眼

连续发起了5次冲击,都没有能够摧毁敌人的主要火力点,部队被阻在山梁前面,而且遭受很大伤亡。

"一定要在天明之前把零号阵地拿下来!"经营副参谋长和万连长研究决定,组织9名战士,编成战斗作风最硬的"功臣第六班",分3个小组对敌人中心火力点进行爆破,掩护反击部队的进攻。

但是,3个小组的攻击都没有成功,这时离天亮只有40分钟了。天一亮,我军擅长的夜战技术发挥不出来,进攻肯定会有更大的损失。而零号阵地拿不下来,就会影响到整个反击战的胜利。夺下零号阵地是这次反击战的关键所在。

黄继光在这关键时刻挺身而出,向领导请战。他

坚定地要求："把任务交给我吧，只要我有一口气在，就保证完成任务"。连部的通信员吴三羊和肖登良也激昂地要求和黄继光一同执行爆破任务。

副参谋长同意了他们的要求，他说："继光同志，这次任务就交给你！现在我命令你为六连第六班班长。"六连连长接着对吴三羊、肖登良说："你们都列为六班战士，一切行动服从黄继光的指挥。"

炮火的闪光，映照着三位待命出征战士年轻的脸庞。他们已做好了出发的准备，挎好了冲锋枪，每人

上甘岭上黄继光纪念碑

的腰带上都插上两颗手雷和八颗手榴弹。

他们刚刚爬到山梁中间,就被敌人发现了。数十颗照明弹又挂在天空,整个山梁如同白昼。顿时,敌人向他们的目标发动了攻击,几挺机枪的弹雨倾泻过来。

在光秃的山梁上无法躲避,幸好山梁上尽是敌军攻占阵地时丢下的尸体,黄继光急中生智,用双手推动僵硬的敌尸作活动掩体,一步一步向山上前进。吴三羊、肖登良也用同样的办法跟了上来。

时间一分一分地过去，爬着、爬着，眼看天就快要亮了。黄继光感到这样推进速度太慢了，他灵机一动又想出一个主意。他将敌尸推下山坡，由于坡度陡峭，尸体滚动向下，敌人的子弹立刻紧随那滚动的尸体，而这时黄继光正好抽空向前跃进，然后一头跳进一个炮弹坑里。他们三人想尽一切办法，终于在敌人的枪林弹雨里越过了山梁，滚进了一条交通沟里。

他们慢慢探出头，终于看到敌人并排三个火力点就在眼前了。黄继光迅速作出决定，先由吴三羊在交通沟里用冲锋枪作掩护，吸引敌人的火力，而他和肖登良一左一右，爬到左右两个火力点旁边。

随着两声巨响，左右两个火力点冒出了浓烟，黄

继光和肖登良分别向这两个火力点投掷了一枚手雷。中间火力点被这突来的巨响惊呆了,机枪突然停止了射击。吴三羊一看机不可失,箭一般地向前冲击,向中间火力点投进了一颗手雷。这样,中间的火力点也很快被消灭了。

附近的另一个火力点的敌人发现了他们,并向他们猛烈射击。黄继光抬头看到,隔着一道石坎,越过一片开阔地,在离他们不过80米的陡坡上,有一个黑乎乎的凸出物正喷射着火焰,那正是敌人的中心火力点。

这时,黄继光发现自己只有两颗手榴弹了。任务还没完成,弹药快用光了,怎么办?黄继光又想了一个

黄继光铜像

主意。他们三人交替监视敌人，另外的人去敌人尸体上拣手榴弹。吴三羊在拣手榴弹时负了重伤，但仍坚持掩护战友，最终因伤势过重而光荣牺牲了。

这时指导员领着突击排赶上来了。他迅速架起机枪，向敌中心火力点射击，同时命令黄继光和肖登良爆破中心火力点。

黄继光和肖登良突破敌人火力封锁，向中心火力点逼近。在跃进途中，肖登良负了重伤。黄继光冒着弹雨把他拖向一边，赶紧掏出仅有的一条绷带，给肖登良包扎好伤口，他又迅速前进了。

此时，敌人又一连打起好几颗照明弹，整个阵地被照得雪亮。数条火舌又一齐射向黄继光，子弹入地时蹦起的尘土和碎石在他周围飞溅。黄继光的动作越来越缓慢，越来越艰难，很显然他已经受了重伤。但

他没有停止向敌人中心火力点逼近。

掩护部队中有人向敌人中心火力点投掷了两枚手榴弹，敌人火力点前腾起一片烟雾。黄继光利用烟雾作掩护，接近了敌人的暗堡。

黄继光在敌人暴风雨般的子弹射击中，钢打铁铸般地挺立起身躯，高高地举起手雷，接着响起了震天动地的爆炸声。

在一刹那间的寂静之后，忽然火力点里的机枪又叫了起来。那里的地堡是被炸塌了，但敌人这个火力点太大，而且十分坚固，黄继光的手雷只将它炸塌了半边，没被炸死的敌人用剩下的两挺机枪，又从残存的一个射击孔里拼命地向外射击，刚刚发起冲锋的反击部队又让它压在山坡上了。

倒下的黄继光并没有死。他带来的两个手雷都已经用掉了，而他手里没有一件武器，有的只是一副对敌人充满仇恨的带有七个枪洞的身体。这时天快亮了。小土坎前，指导员支起身子要冒着弹雨冲上去，却看见黄继光又向前爬去了。

战友们在凝视着他。突然，气壮山河的行为发生了，黄继光跃身而起，挺起他那宽阔的胸膛，张开双臂，向那狂喷火舌的枪口扑了上去……敌人的中心火力点哑然失声了！黄继光用他那年轻的生命，为胜利开辟了前进的道路。

后来，又涌现出了许多黄继光式的英雄，他们体现的正是我们的民族魂！黄继光的英雄事迹，将永远成为

激励我们捍卫世界和平、保卫祖国安全的精神力量!

黄继光奋不顾身,用自己的胸膛堵住了敌人的枪眼,这一英雄壮举,使得敌人惊呆了,也使广大的志愿军战士受到巨大的激励。

"为黄继光报仇!"志愿军的反击部队像狂涛一样卷上整个山头。在激烈的近战中,守在上面敌人的两个营,共1200多人全部被我军歼灭。

20日凌晨,山头敌人被全部消灭干净,红旗插上零号阵地。3号阵地也很快恢复了。597.9高地上爆发出胜利的欢呼声。第四十五师的另一支防守部队也在炮火的掩护下,以迅速勇猛的动作,恢复了537.7高地北山表面阵地。

黄继光出生在四川省通扛县一个贫农的家庭里,牺牲时年仅21岁。他3岁时死了父亲,全靠母亲帮人做活把他拉扯成人。他从7岁起为地主作了11年长工。1949年，解放军到了四川，家乡获得了解放，他和母亲在土改中分到了房屋和土地，从此结束了牛马般的奴隶生活。他当了儿童团长，后来参加了民兵。美帝国主义发动侵朝战争，把战火烧到中国大门，为了抗美援朝、保家卫国，1951年7月，他毅然加入了中国人民志愿军。

黄继光舍身堵枪口的英雄事迹，充分表现了中国共产党教育培养的中华儿女，具有为正义与和平而勇于自我牺牲的无比高尚的思想品质。黄继光的崇高形象，永远会放射出灿烂的光辉！

为了表彰黄继光的伟大精神和不朽功勋，志愿军

领导机关作出决定，为黄继光追记特等功，并授予"特级英雄"的称号。中共第十五军委员会在对黄继光追赠"模范团员"荣誉称号的同时，根据黄继光生前遗愿，追认他为中国共产党党员。

朝鲜人民也不会忘记这位伟大的英雄。朝鲜民主主义人民共和国最高人民会议常委会对黄继光追授"朝鲜民主主义人民共和国英雄"的称号，并授予金星奖章和一级国旗勋章。

20日，敌人又以两个营的兵力，在飞机30架以及强大炮火的掩护下，向两高地拼命反扑。由于敌人的炮火向我阵地猛烈射击进行压制，同时航空兵集中封锁压制志愿军纵深指挥所、观察所和炮兵发射阵地。

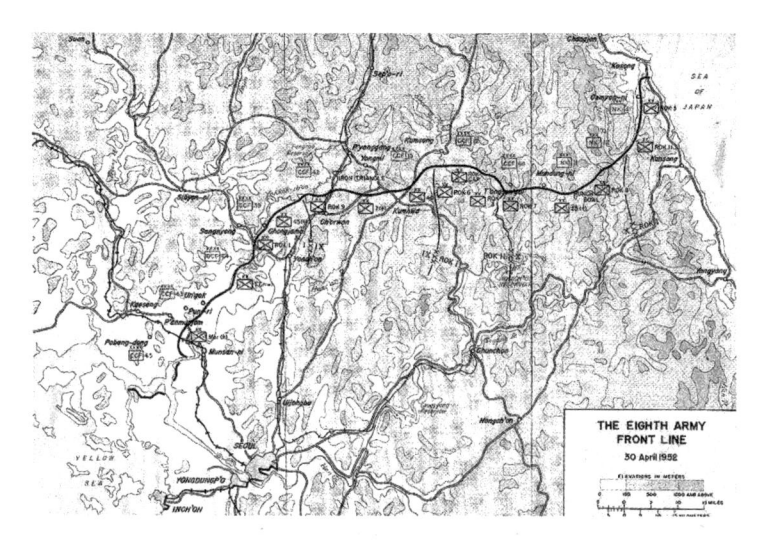

以至我军对前沿阵地支援不力。志愿军防守部队激战终日，除597.9高地几个阵地外，其余表面阵地相继为敌人攻占，防守部队再次退守坑道，继续坚持战斗。

从10月14日至20日，白天黑夜，交战双方反复争夺。这是战役十分激烈、斗争极其复杂的一个阶段。敌人的强大火力，使我军表面阵地工事全部被毁。而且白天敌人占领，晚上我军反冲锋收回，这种反复争夺战从战斗一开始就持续下来了。

志愿军第四十五师依托坚固的坑道工事，坚决与敌人反复争夺。敌人损失7000余人。据美方俘虏供认，"联合国军"所参战的18个营，每个营、连都轮番打了两三次。美第十七团一天战斗即伤亡过半，有一个连只剩下一个少尉。敌人不得不承认，这是继

1951年"伤心岭"战斗惨败之后的又一次大的挫败。

这一阶段志愿军有21个连队参战,伤亡达3200余人。各连的伤亡都超过了半数,个别连队只剩下几个人,再无力组织较大的反击,而且物资消耗较大。这样必须调动二梯队投入战斗。

志愿军虽给敌人以很大杀伤,但敌军的攻击凶焰并未被打下去,而且他们还在继续调动兵力,准备对志愿军进行重点进攻。因此我军必须迅速调整部署,补充人员和弹药器材,准备粉碎敌人新的进攻。

10月20日晚,中国人民志愿军副司令员邓华下令:"我前沿部队全部退入坑道。"于是,第二阶段艰苦卓绝的坑道战开始了。

拓展阅读

黄继光纪念馆

1987年10月20日，在纪念黄继光烈士英勇牺牲35周年之际，一座占地16000多平方米的民居式仿古园林建筑风格的黄继光纪念馆新馆落成了。黄继光纪念馆由纪念性景区、陈列展览区和办公服务区组成。纪念性景区位于全馆中间，有门厅、中朝友谊亭和浮雕、题词等纪念性建筑。门厅是中国古牌楼式建筑，上方金字大匾镌刻着董必武同志题写的纪念馆馆名"黄继光纪念馆"。该馆是全国爱国主义教育示范基地、四川省爱国主义教育基地。

跨进纪念馆大门，迎面是层层递升的3层平台。拔地15米的高层平台上挺立着黄继光扑向敌人机枪口一刹那间的英姿的雕塑，它把伟大战士的瞬间的英姿雕凿成了永恒的纪念。塑像映衬于苍崖翠嶂之中，象征着烈士大无畏的英雄气概如苍松翠柏万古长青。塑像两侧分别镶嵌着朝鲜一级国旗勋章和抗美援朝纪念章的模

拓展阅读

型。塑像后宽大的石岩照壁上镌刻着中朝友好协会会长郭沫若同志的题词"凯歌百代"。像座下宽35米、高9米的山岩石墙上凿刻着邓小平同志题写的"特级英雄黄继光"7个雄浑苍健的大字，与英雄塑像交相辉映。

题词下是5幅大型汉白玉浮雕，通过表现送子参军、上甘岭请战、上甘岭激战、欢庆胜利、怀念英烈等5个主题，再现了英雄黄继光从参军到壮烈牺牲的过程，呼唤着广大青少年珍惜今天来之不易的和平、宁静的幸福生活。宽阔平整的纪念广场和第二层平台是人民群众瞻仰英雄、举行纪念活动的地方。平台两侧为中朝友谊亭，亭中分别悬挂着董必武和郭沫若题写的对联。

黄继光英雄事迹展分五个部分展出，通过500余件实物、图片、组画、模型等，详细展示了黄继光同志从一个贫苦农民的儿子成长为一名中国人民志愿军特级英雄的光辉历程。突出地歌颂了他胸怀全局，奋不顾身，为了胜利用

胸膛堵住敌人暗堡机枪口的英雄壮举和高度的爱国主义、国际主义、革命英雄主义精神。

老一辈无产阶级革命家的题词　党和国家领导人朱德、董必武、刘伯承、邓小平、郭沫若、谢觉哉、何香凝、张爱萍、秦基伟等的题词。

朝鲜友人赠送的礼品　金日成主席的题词、金日成主席赠送的金龙宝刀、镂空花瓶、人参酒、人参茶、人参精、双面锈等珍贵礼品。

黄继光的遗物　黄继光小时候用过的生活用具、站岗时用过的梭镖、曾经用过的转盘机枪、牺牲时穿过的血衣、牺牲地的坑木和泥土等。

拓展阅读

电影《上甘岭》介绍

电影《上甘岭》是第一部表现抗美援朝的经典影片,根据电影文学剧本《二十四天》改编,取材于著名的上甘岭战役。影片讲述了上甘岭战役中,志愿军某部八连,在连长张忠发的率领下,坚守阵地,与敌人浴血奋战,最终取得胜利。为熟悉生活,编导人员赴朝鲜前线与战士们一起亲身感受,半年时间中访问了一百多人,记录了几十万字的材料。电影中的插曲《我的祖国》唱遍大江南北,经久不衰。

上甘岭剧照

坑道战奇迹

坚持坑道斗争是第二阶段战斗的主要形式。

美国人在第一阶段遭受到沉重打击后,为了维护其帝国主义盟主的面子,仍然拼凑力量组织进攻。敌人一面以各种办法围攻志愿军坚守坑道的部队,一面继续为实施突破进攻调整兵力部署。

为了加强上甘岭地区的防守,志愿军司令部指示,决定以刚从金城前线阵地上撤下来,正准备北撤休整

《谁是最可爱的人》碑雕

的第十二军调到上甘岭地区，作为上甘岭战役的预备队。

美国军队在经过40多次反复争夺之后，未能夺取597.9高地。美军便企图"用亚洲人打亚洲人"的毒计，以挽回其失败。他们把南朝鲜第二师当作挡箭牌，送到了阵地前沿。

美国新闻界却说，这是由于美军伤亡率达到一年来的最高点而采取的军事调动。但南朝鲜第二师师长丁一权却气愤地说："美军未能夺取的阵地，反倒要由南朝鲜军队去夺取，真是不可思议。"

不久，姜文奉接替了丁一权，在强大火力支援下，劲头十足地发起了进攻。但他们的命运比美国人还要惨，每次都是损失惨重地败下阵来。被打怕了的南朝鲜第二师龟缩在原地，畏惧不前。美国第九军军长启金斯再三督促，但姜文奉坚决拒绝。詹金斯无奈报告了美第八集团军司令范佛里特，范佛里特对此也无可奈何。

违抗命令拒不进攻的姜文奉说："那本来是由美国第七师担负的进攻任务，可他们每天付出重大伤亡也夺不回来，再把这任务给我们。换句话说，就是叫我们当美国兵的替身。这不是叫我们替他们送命吗？……违抗命令，可能会解除我的师长职务，送交军事法庭。可

是，要我的士兵替美国兵送死，我不干。"

实际上，无论是南朝鲜军队还是美军，都对志愿军的英勇顽强感到恐惧。姜文奉说："我到前沿勘察地形，走近阵地一看，大吃一惊，进攻目标是座石山，像竹笋一般地屹立着，即使要攀登上去也要有登山技术。……如果能压制住迫击炮的轰击还好一点，但中共军队是从观察不到的坑道里射击的，所以轰炸也好，炮击也好，都没有效果。"

克拉克将志愿军的坑道视为眼中钉、肉中刺，既怕又恨。为了能在攻占的阵地上立住脚，他命令美军对坚守坑道的志愿军采取了封锁、轰炸、爆破、熏烧、堵塞坑道口或向坑道内投掷毒气弹等多种手段进行围攻。

敌人用八二炮、化学迫击炮疯狂轰击，还向坑道内投掷硫磺弹，再用土填塞坑道口，并在坑道口边沿架设铁丝网，企图把坚守坑道的志愿军指战员困死在里边。

由于部分坑道被打塌，空间减小，有的坑道内十分拥挤，伤员们也更加痛苦。有时由于炮击的震荡，坑道内点不着灯火。硝烟、硫磺、血腥、屎尿和汗臭味使空气污浊不堪，在坑道外气温是零下20度，而坑道内穿单衣还闷热得撕心裂肺。

坑道里的战士们并没有坐以待毙。当敌人投掷手榴弹、炸药包，企图炸毁坑道口时，英雄们就前赴后继，冲出坑道与敌斗争，在炮兵火力支援下一次又一次击退敌人。

为了阻止敌人接近和破坏坑道口，除组织纵深炮火及侧后方的机枪火力严密保护坑道口外，退守坑道的分队还在坑道口用麻袋装土石修筑工事，阻击敌人，并将交通壕与坑道口连接起来，以利机动。

坚守坑道的部队除了小规模出击和保护坑道外，还在坑道口开展了冷枪杀敌运动，狙击敌人。

张桃芳是刚到前线三个多月的新战士。他赶上了部队开展的冷枪冷炮杀敌活动。他虚心向老战士们求教，终于成了一名百发百中的神枪手。

一次，张桃芳把枪口放在固定封锁点上等着，这时观察员喊了一声："注意！二号发现活靶！"张桃芳一看，一个敌人背着东西正向上爬，"叭"的一枪，这个家伙就滚下山去了。

抗美援朝中毛泽东提出局部打小歼灭战思想

有次两个敌人在碉堡外面吵架，越吵越凶，忘了志愿军狙击手的厉害。张桃芳说："嘿！不要吵啦，让我来给你们调解一下吧！"说着就"叭"的一枪，一个敌人应声倒地，另一个一缩脖，连滚带爬地溜掉了。这样，张桃芳在18天的战斗中，用225发子弹，消灭敌人71名，差不多每3发子弹消灭一个。在后一个时期的13天里，他用212发子弹消灭了140个敌人，平均每3发杀敌两名。

随着坚守坑道斗争时间的延长，伤员不断增加。同时，由于敌人的严密火力封锁，坑道内弹、粮、药品等物资越来越缺乏。因而困难愈来愈大，战斗和生活条件也愈来愈艰苦。

饮水缺乏是最大的难题。贮存水早就用光了，像牙膏一类一切含有水分可以润喉润唇的东西，早就被吮吸完了。有的两三天喝不上水。战士们用舌头贴在

石板上吸凉气，或是用雨布挂在石缝边接点滴渗水。饼干在吃之前都放在地上待吸收水分后再吃，想尽办法取得一点水首先照顾伤员。在严重缺水、极度难忍的情况下，有的战士甚至喝尿解渴。

祖国慰问团带来的水果糖，朝鲜人民送来的苹果，二线部队种的萝卜，都被当作甲等作战物资前运。在那些日子里，各级司令部的电话上，喊得最多的就是："水！水！水！"

为了给坑道内的战友分忧解难，在那些夜晚，运输部队不顾牺牲，通过敌人严密的炮火封锁，有时全身贴在地上一寸一寸地从敌人眼皮底下往前移动，把粮、弹、萝卜等送进坑道。尽管物资有限，但正是这

种"雪中送炭",给坚守坑道的部队以极大的鼓舞和支持。

在紧张艰巨的火线运输途中,第一三五团第五连刚刚19岁的运输员刘明生,背着沉重的弹药,带着一个苹果,冒着炮火,在焦土拌着弹片的路上走着,自己口舌干燥,但舍不得吃,他要留给坚守坑道的战友们。

当他进入一个不到3米长2米宽的指挥所时,他不知道这个苹果给谁吃好。他先让给连长张计法。这是第一三五团的第七连,这里的同志几天没喝过一口水了。青里带红的苹果发出诱人的香味,连长没舍得吃。

这时话务员李新民正以沙哑的声音向上级报告情况,张连长一下注意到,4个步话机员在日日夜夜的战

斗中，一直没有好好休息，嗓子都哑了，嘴唇上裂了几道血口子，谁比他们更用嗓子呢！

"你们4个人分着吃了，润润喉咙。"连长把苹果递了过去。李新民看了看连长，又看看睡在里面的伤员蓝保发。另三个话务员会意地点点头，苹果传到蓝保发手中。

通信员蓝保发，在一次联络时，被敌人炮弹打断了右腿。他的脸黑黄黑黄的，嘴唇干得发紫。他拿着苹果，看了看，他没有吃。他嘶哑着说："连长，你几天没喝水了，你吃吧，吃了更好地指挥我们作战。"

连长又把苹果递给了司号员。司号员立刻又递给了卫生员。卫生员又把它交给了伤员蓝保发。最后一

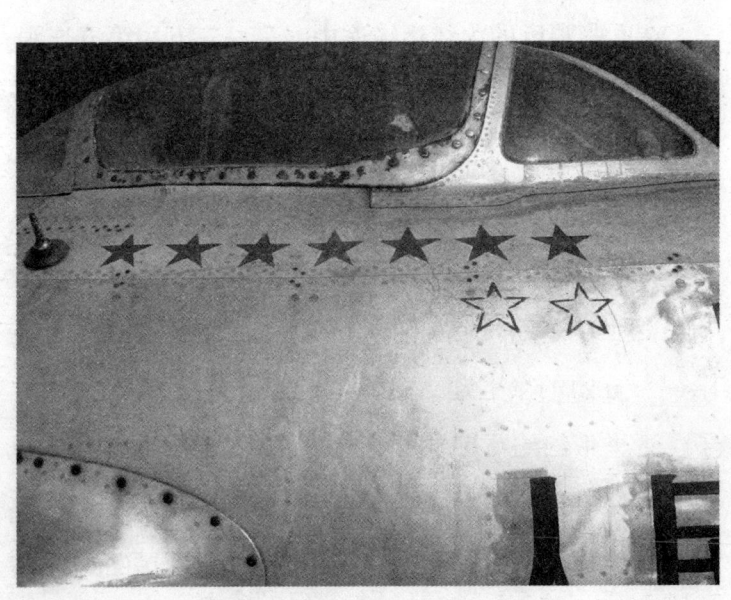

个完整无缺的苹果又回到连长手里，再传下去也是没什么用，在最艰苦的斗争环境中，同志们都是特别互相关心，互相谦让的。洞里的八位同志谁也不会自己一人吃下这个苹果。

最后，张连长决定由洞内8个同志一起来分吃这个苹果。

"同志们！"张连长发出沙哑的声音说："昨天晚上，我们夺回了阵地，歼灭了敌人，难道我们就不能吃掉这个苹果吗？"其实，这时谁都想吃上几十个。

连长说罢带头先咬了一口，转过身交给李新民，李新民咬一口交给旁边的胡景才……他们放到嘴边轻轻地咬了一口，然后一个接一个传了下去，结果转了几个圈才将这个苹果吃下去。每个人都吃到了这个苹果。

这时，除了外面的隆隆炮声外，指挥所里忽然沉静下来了。一向表现乐观的李新民沉默了，泪珠顺着脸颊流下来,湿润了他那粘满尘土的脸和干涸的嘴唇。张连长借着洞口射来的光线,看到每一个同志都在用手擦泪。一向粗犷、豪爽的张连长也像有什么东西塞在喉咙里似的,只觉一阵心酸,热泪盈眶。谁也难以抑制被这种真挚深厚的战斗友谊所感动的心情。

8个人分吃一个苹果,这只是志愿军坑道生活的一个画面,这表明了一种伟大的阶级友情。在坚守坑道的那些日子里,干部以身作则,关心战士,没有负伤的照顾伤员,轻伤员体贴重伤员,互相爱护,互相鼓舞,这种高度的团结友爱精神,是战胜敌人的巨大力量。

在十几天的坑道斗争里,保卫坑道的指战员们创造了真正的奇迹。他们不但守住了坑道,歼灭和消耗

了敌人，同时也为决定性的反击赢得了充分的准备时间。暂时侵占了上甘岭两个高地表面阵地的敌人，此时如同坐在一座火山口上。

10月15日那天，南朝鲜第二师第三十七团二营发起进攻，夺取了地面目标，但他们想坚守这个阵地却未能成功。他们不知道志愿军是从地下冒出来的还是从天上掉下来的，在这天夜里很快被志愿军击退了。关于这次战斗，南朝鲜第二师师长丁一权不胜感慨地回顾道："夺取是轻而易举的，累计夺取了28次，但被夺回去了27次。"他还说："起初，既然不必付出多大牺牲就能夺取，却为什么又立即遭到重大伤亡而被击退呢？其原因一直找不到。"

负责搜集情报的敌师情报科长说："志愿军的坑道入口只有4个或5个，但里面却像蜘蛛网一样四通八达。""开始我们不了解这个情况，因此事实上我们挨了打。""我们采取措施对付敌人的坑道，但不能炸掉它，吃了不少苦头。"

美军面对志愿军坚不可摧的坑道阵地无可奈何。美国军事史专家沃尔特·G·赫姆斯认为："无论是从空中或地面上的火力都不足以将躲藏在挖得很好的战壕里的敌人消灭。""这场有限战争的优势在防守一方。"

美国新闻界对此大加评论说："这次战役实际上却变成了朝鲜战争中的'凡尔登'，即使用原子弹也不能把狙击兵岭（537.7高地北山）和爸爸山（五圣山）上的共军部队全部消灭。"

美国参谋长联席会议主席布莱德雷说："我们现在用这种方法二十年也打不到鸭绿江。"自认为世界上不

可战胜的美国军队不得不佩服中国军队是世界上的"头等陆军"。

毛泽东主席对坑道斗争给予了高度评价,他说:"能不能守,这个问题去年也解决了。办法是钻洞子。我们挖两层工事,敌人攻上来,我们就进地道。有时敌人占领了上面,但下面还是属于我们的。等敌人进入阵地,我们就反攻,给他极大的杀伤。我们就是用这种土办法捡洋炮。敌人对我们很没办法。"

29日,志愿军利用坑道战赢得的十几天时间,准备好了大反击的部队,守卫兵员补充和部署调整都已完毕,各项工作均已准备就绪,决定性反击时机已接近成熟。于是,十五军作战会议决定,从10月30日起,对597.9高地和537.7高地北山表面阵地上的敌人

拓展阅读

黄继光纪念馆楹联

是最可爱的人抗美援朝奋不顾身成伟业
纪极非常之事报功崇德显而触目树丰碑
——董必武

血肉作干城烈概在火中长啸
光荣归党国英风使天下同钦
——郭沫若

坚如玄武铁骨铮铮果是烈火出金刚
魂归凯江英名荡荡理当全民奉祠记
——马识途

继承人民军队光荣传统　卫国保家　纸老虎闻风丧胆　英雄业绩千秋辉耀
光大国际主义崇高精神　援朝抗美　真豪杰慷慨损躯　战半红旗永世飘扬
——团中央

军民楷模功垂千秋
英雄烈绩凯歌百代
——德阳市政府

实施强大的反击。

反击597.9高地

为了配合坑道战的战友们,彻底将597.9高地和537.7高地北山从敌人手中夺回来,志愿军司令部加强了上甘岭地区的兵力,并令坑道内外的部队互相配合,在炮火支援的基础上将两个高地的敌人歼灭。

10月28日、29日的白天,志愿军炮兵部队预先向597.9高地进行了猛烈的炮火准备。强大的炮火摧毁了敌人的地堡和其他一些防御设施。为了阻止敌人修复工事,志愿军还用追击炮点射的方法,将冒头的敌人

打到壕沟里去。

537.7高地北山也遭到志愿军试射炮火的袭击。当时志愿军主攻目标是597.9高地，对537.7高地北山的炮击是为了迷惑敌人，使他们分兵防守。

为了避免正面交战所造成的严重伤亡，志愿军第十五军的两个连乘着黑夜悄悄地进入坑道，与坚守坑道的部队会合，加强了侧面夹击敌人的力量。

为了保证反击的成功，我军第四十五师对敌占表面阵地实施了战斗侦察，进一步查明了敌人兵力部署和火力点配系。

30日，坚守坑道的勇士们接到来自前线指挥所的电话。指挥员在报话机里说："同志们，祝贺你们斗争的胜利，你们的战友马上要去看望你们了！"

坑道里的指战员们欢呼起来，他们懂得这就是他们盼望已久的决定性反击马上就要开始了。他们个个

心情振奋，准备枪支弹药，抓紧做好配合反击的一切准备。

夜幕笼罩了整个上甘岭，前线指挥所里的将领们正在对表。晚上21时整，整个山岭被炮声震醒了，第十五军以第四十五师五个连、第二十九师两个连的兵力，在山炮、野炮、榴弹炮50门、火箭炮24门、追击炮30门的支援下，对597.9高地的敌人实施了反击。

起初，还能听出来炮弹"嗖嗖"飞过爆炸的次数。不一会儿就向打雷一样了，轰隆轰隆响成了一片。坑道里的战士们马上欠起身，提起枪，准备朝目标出击。

但指挥员用手往下一按，命令大家继续待命，因为他知道这才仅仅是开始，更猛烈的急袭还在后面。

果然，在隆隆炮声中，响起一阵奇怪的呜隆呜隆的爆炸声，满山遍野红光闪闪，气浪夹着砂子射进坑道，把所有的豆油灯都震灭了。指战员们靠在坑道壁坐着，大地在震动，他们好像坐在开动了的汽车上一样，一跳一跳地前倾后仰着。

不一会儿，报话机耳机里在丝丝发响，指挥所用密语传来命令："开饭！"坑道指挥员急忙摘下耳机，手往下一挥，发出人人渴望已久的命令："反击！"

顿时，从炮火炸松的地里钻出了天兵神将，这里共有三个连的志愿军在坑道里作战，他们的冲击给晕头转向的敌人背后插上了一把钢刀。坑道外接应的七个连也迅速进入战斗，这两支队伍对敌人实施两面夹

击。经过5个小时激战，敌人守卫在地面阵地的四个连全部被歼灭。

敌人不甘心这么一个重要的战略据点丢失。31日4时，敌人趁志愿军恢复阵地不久，以一个营的兵力连续进行猛烈的反扑。在没有工事依托的情况下，志愿军指战员利用石缝、石坎和弹坑隐蔽，击退了敌人的连续进攻。

由于战斗持续时间长，攻击部队弹药缺口大，后勤运输部队冒着敌人严密的火力封锁，向阵地上输送了1000多条麻袋和2000多个手榴弹。麻袋装上土石再垒起来，就是一个简易实用的工事，保证了攻击部队的自身保护。充足的弹药，保证了战斗的顺利进行。

11月1日，敌人一看阵地丢了之后不像以前那样白天再能夺回来了，急忙调来南朝鲜一个师的兵力投入争夺战。

在70余辆坦克、数十架飞机和大量炮火准备后，

南朝鲜军队以6个营的兵力向597.9高地冲击达14次。志愿军坚守部队在纵深炮火的支援下，将敌人的进攻一次次瓦解。敌人伤亡1500余人，被迫退去。

在这天的战斗中，十五军的战士马新年在战友伤亡殆尽的情况下，孤身一人坚守阵地，他向指挥所报告阵地情况，联络炮兵，大量杀伤敌人。他先后在阵地上战斗五天四夜，一人杀敌70余人。战后，他荣立特等战功，并被授予"二级英雄"称号。

敌人自11月2日1时起，像红了眼的野兽，对志愿军阵地发动了猖狂的进攻。敌人用猛烈的炮火轰击我军阵地达4个小时之久，发射炮弹达10余万发，此外

拓展阅读

抗美援朝纪念馆

抗美援朝纪念馆以抗美援朝战争史为基本陈列，主要陈列内容分布在陈列馆、空军专馆、全景画馆和露天兵器陈列场。陈列馆以新颖的艺术形式和现代陈列手段，通过详实的历史资料，丰富的文物，全面地反映了伟大的抗美援朝战争和抗美援朝运动。

出动飞机100余架次，投掷重磅炸弹百余枚。

12时开始，美军集中了5个营的兵力，采用多路多梯次的方法，向597.9高地攻击40余次，曾一度突入志愿军阵地。志愿军防守部队顽强作战，在炮兵火力的准确支援下，又将敌人从阵地上赶下山。此日毙伤1500余敌人，志愿军伤亡仅190余人。

9号阵地是九十一团八连四班的阵地，在敌人猛烈炮火袭击下，这个阵地上的工事全部被炸毁，山上有些地段的岩石被轰击成了一尺多厚的粉末，仅仅在山腰上部有一个藏身洞孤零零地露着豁口。四班以弹坑、岩缝和残存的工事为依托，分两小组轮番作战，打退了敌人以连排为单位的七次攻击。

在激战中，副班长蔡兴海叫增援的战友去支援友邻作战，而他只率领几个战士在阵地里坚守。他命令三个战士伏在弹坑内监视敌人，其余隐蔽到藏身洞中，等敌人接近了，大家冲出来猛打，这样既可以打击敌人，又可以减少伤亡。

上午，敌人在炮击后，阵地上响起了机枪声，看起来敌人又掩护他们的步兵要冲锋了。四班战士一齐从洞中跳了出来，准备迎击敌人。可蔡兴海抬头一看，发现敌人步兵在200米以外地方卧倒不动。他马上命

拓展阅读

抗美援朝纪念塔

抗美援朝纪念塔由塔基群房和纪念塔主体组成，塔高53米，象征1953年朝鲜停战协定签字，抗美援朝战争取得伟大胜利。塔面用高粱红花岗岩剁斧石贴面。塔基群房建筑面积2900平方米，外墙为灰白色花岗岩蘑菇石贴面。纪念塔正面是邓小平同志题写的"抗美援朝纪念塔"七个鎏金大字，背面是记载志愿军英雄业绩的塔文。

令战友们迅速进洞隐蔽。果然，大家刚进洞里，敌人的炮弹就呼啸而来了。狡猾的敌人企图用炮火进行杀伤的诡计没有得逞。

敌人炮击两个小时以后，以为我守卫部队差不多上当报销了，因而一个连的敌人向阵地扑来。四班战士潜伏在弹坑里，当敌人接近只有20多米时，战士们扔出了手雷和爆破筒，随着一阵阵爆炸，敌人的肢体被抛向高空。残余的敌人向后败退，我军利用密布在阵地上的弹坑做掩护，逐步向前推进，一直把敌人打下山去。激烈的战斗，使人忘记了时间。天快要黑了，而黑夜是敌人最感恐怖的时间。为了在天黑前攻占阵地，敌人纠集了两个多连的兵力，孤注一掷，对我阵

地做了最后一次冲锋。

洞中的守军使敌人又怕又恨,在这次冲锋前,他们先迂回到四班的右侧,用密集的火力封锁藏身洞口,企图阻止我军行动,以夺取我阵地。

在洞中的四班指战员心里非常焦急,只听阵地上爆炸声不断,机枪也在咕咕地叫,如果这时冲出去,必然有重大伤亡,但不冲出去,敌人将会占领阵地。

蔡兴海坚定地对大家说:"沉住气,我们还不知道敌人的松包劲吗?如果是它占领了山头,我舍身爆破,决不会叫敌人堵死我们的洞口。"说着拿来两根爆破筒放在身边。

好半天过去了，还是不见敌人冲上来。透过洞口，蔡兴海他们看到有几枚长柄手榴弹从空中下落，他们高兴得蹦了起来，原来上边还有自己的人在打。蔡兴海当即决定："咱们打出去！"

他们先向洞口外投掷手榴弹，趁一阵烟尘扬起的时候，冲出了洞口。上下这两股力量，慢慢地合围，将敌人全部消灭在阵地上。这时，四班的指战员才知道在山上支援他们的是三排的战友。他们紧紧地拥抱在一起，欢呼着战斗的胜利。

在这一天的战斗中，尽管敌人强烈反扑，但由于志愿军战士英勇善战，使597.9高地像磐石一般，岿然不动。

敌军在两天惨败后，仍继续以一个营至一个团的兵力不断对597.9高地进行激烈的反扑。志愿军投入两

个连的兵力固守阵地，敌人再次尝到失败的滋味，白白葬送了1200余人。

5日拂晓，被气疯了的敌人不惜血本，又出动了约5个营的兵力，在飞机100余架次、坦克30余辆的支援下，分三路向597.9高地发起猖狂进攻。

志愿军九十一团与敌人展开激战，第九十三团一营奉命增援。尽管敌人后来又增加两个营的进攻兵力，绕到主峰背后，在15分钟内，急攻了4次，但在炮火准确的支援下，防守的部队又将敌人打下山去。

从10月30日至11月5日，志愿军在597.9高地经过连续七天的激烈战斗，先后挫败敌人约6个团的猖狂进攻，歼敌6000余人，巩固了阵地，并沉重打击了敌人的疯狂气焰。

美联社记者2日自朝鲜前线发出的消息说，在最近三个星期时间的战斗中,"联军牺牲的人和消耗的军火,已使联军的司令官们震惊了,而且若在最后公布全部损失时,还将使公众震惊。"

6日,美军指挥官对记者毫不讳言地说:"到现在为止,联军在'三角形山'(指597.9高地)是打败了。"

收复537.7高地北山

敌军在597.9高地失败后,断定我军必然乘胜追击,因此慌忙调整部署。增强防守炮火,加固增修工事,积极加强对537.7高地北山的防御。南朝鲜第九师被调至537.7高地北山增援第二师。敌人企图以集中力量的方法死守537.7高地,从北山增援第二师。

537.7高地北山阵地狭窄突出，受敌人注字洞南山和537.7高地主峰以及597.9高地东侧11号阵地的三面包围。敌人在10月30日控制该高地表面阵地后，以一个营的兵力据守，并昼夜突击，构筑了比较坚固的野战工事并架设了铁丝网、地雷等大量障碍物，还破坏了志愿军坚守的坑道，用组织严密的火力，封锁我军向该阵地接近的道路。

11月10日夜，为了减少战斗发起后部队在接敌运动中遭敌炮火杀伤，便于紧接炮火延伸时突然对敌发起冲击，各突击部队于10日夜不顾严寒，隐蔽运动至537.7高地北山坑道内和敌前沿下待命。

11月11日晚16时25分开始，密布在高地附近的志愿军大炮突然咆哮起来。一道道炮弹的红光，像闪电一样映在黄昏的暮色中，呼啸着扑向敌阵。

在炮火掩护下，志愿军第九十二团第一、第七、第八等3个连的兵力，反击537.7高地北山的敌人。激战持续了一个小时，到17点50分时，我军全部收复了

537.7高地北山的表面阵地，并全歼了守敌朝鲜军第二师十七团的一个营。

反击部队夺回537.7高地北山阵地后，连夜抢修工事，准备对付敌人的再次进攻。

果然，第二天南朝鲜军第二师第三十二团，在密集炮火支援下，向537.7高地北山连续反扑，经激烈战斗，敌人占去两个山脚的四个阵地。

这以后，战斗愈来愈艰苦激烈。敌人先后投入的兵力在六个营以上，并且集中其几乎是这次战役所使用的全部炮火，而且每天数十架飞机满载炸弹，对志愿军阵地轮番狂轰滥炸。交战双方在这些阵地上展开了激烈的争夺战。

14日至18日，第十二军第三十一师九十三团和三十四师一零六团先后投入战斗。由于双方反复争夺，

拓展阅读

抗美援朝战争

抗美援朝，是抗美援朝战争和抗美援朝运动的统称（多指抗美援朝战争），是20世纪50年代初，中国人民支援朝鲜人民抗击美国侵略的群众性运动。1950年10月，中国人民志愿军赴朝作战，抗美援朝开始。在抗美援朝战争中，志愿军得到了解放军全军和中国全国人民的全力支持，得到了以苏联为首的社会主义阵营的配合。1953年7月，双方签订《朝鲜停战协定》，从此抗美援朝胜利结束。1958年，志愿军全部撤回中国。10月25日为抗美援朝纪念日。

同时又互用密集炮火猛烈轰击，537.7高地北山上的地面工事全被摧毁。

因没有坚固工事作依托，对装备落后的我军增加了反击的难度。第一零六团在极其困难的条件下，首先以小分队在纵深强大炮火的支援下，在前沿与敌人拼死争夺，掩护主力部队抢修坑道和地面工事。在坑道立住脚跟后，再以炮火支援为依托，以小兵群战术，大量杀伤敌人，又连续击退了敌人的多次猖狂进攻。

拼死的互相争夺战一直持续到19日，我军命令传达到坑道，晚上11点，向537.7北山4号阵地举行反击。整个坑道里沸腾起来。

时针指向11点的时候，我军炮火排山倒海一般向敌人倾泻而去。随着两颗反击信号弹的升起，坑道里的突击队像火山下的岩浆一样从地底下喷射出来。他们猛烈地冲击敌人的阵地，占领山头制高点，迅速敏捷地将敌人守军全部歼灭。

20日上午，敌人在付出惨重代价后，侥幸地爬上了537.7北山6号阵地。这是一个仅有30多平方米的山

包，因地势高，在整个战场的地位十分重要。

我军一个班的兵力共7人，兵分三路向敌人扑去。班长刘保成在受伤的情况下，仍然手提爆破筒冲入敌阵，与敌人同归于尽。高守余是班里的新兵，他在我军炮火支援下，终于夺回6号阵地，并将敌人打下山去。这天，高守余一人坚守阵地，击退敌人六次反扑，歼敌120余人，守住了阵地。后来成为一等功臣、二级孤胆英雄，并荣获朝鲜民主主义人民共和国授予的"一级国旗勋章。"

到了21日、22日，敌人已无力再进行营以上兵力的攻击，只能以一个排到一个连的兵力作小型的进攻。在上甘岭其他地区也仅有小规模的战斗。敌人在遭到志愿军防守兵力和炮火大量杀伤后，蜷缩在工事里不敢轻举妄动了。

25日，志愿军彻底粉碎了敌人的猖狂进攻，巩固

了537.7高地北山阵地。此时，由于敌人损失近1400余人，被迫将南朝鲜第二师和美军第二十五师撤下整补。随之，敌人的进攻也基本结束。至此，上甘岭战役以志愿军的胜利、敌人的失败而结束。

上甘岭防御战役历时43天，敌我双方在3.7平方公里的狭小地区，投入了10万以上的兵力，进行了持久的反复争夺，战斗激烈程度是空前的。战役中，"联合国军"先后投入11个团零两个营的兵力，此外还有18个炮兵营，300余门105毫米口径以上的火炮，170余辆坦克，出动3000余架次飞机，投入总兵力约6万余人。

在志愿军方面，先后投入作战的有十五军的两个师，十二军的一个师又一个团，山炮、野炮、榴弹炮共114门，火箭炮24门，高射炮47门，另有工兵营和担架营，总兵力约4万人。

中外军事家评论，上甘岭战役，兵力、火力之密集，反复争夺之频繁，战斗之残酷激烈，为世界战争史所罕见。战役期间，仅"联合国军"就发射炮弹约190万发，飞机投弹5000余枚。当时一些西方记者报

拓展阅读

抗美援朝烈士陵园

陵园占地24万平方米,地势居高临下。拾级而上,迎面矗立着一座23米高花岗岩砌成的四棱锥形纪念碑。碑体正面是董必武同志1962年9月题字"抗美援朝烈士英灵永垂不朽"。碑的顶部是中朝两国国旗,旗下是手握冲锋枪的志愿军战士铜像。碑的底部有铜铸的花环,花环的两侧刻有1950-1953年字,这是志愿军赴朝参战和美国被迫在板门店签订停战协议的时间。董必武同志1962年夏题词:"辉煌烈士尽功臣,不灭光辉不朽身。鸭绿江南花胜锦,北陵园畔草成茵。英雄气魄垂千古,国际精神召万民。峻极高山齐仰止,誓将纸虎化为尘。"碑体的背面刻有471字祭文。

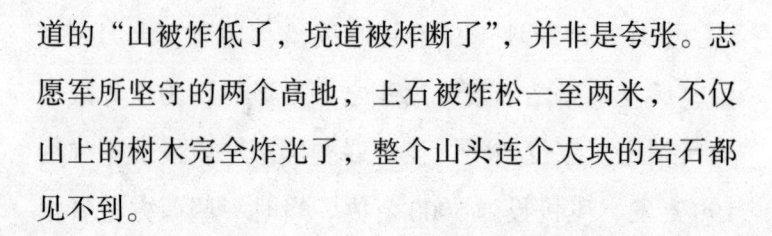

道的"山被炸低了,坑道被炸断了",并非是夸张。志愿军所坚守的两个高地,土石被炸松一至两米,不仅山上的树木完全炸光了,整个山头连个大块的岩石都见不到。

美国记者也曾惊呼:"美军的伤亡率达到一年来的最高点。"金化攻势"已经成了一个无底洞,它所吞食的联合国军军事资源要比任何一次中国军队的总攻势所吞食的都要多。"

这次战役中,我军共毙伤俘虏"联合国军"25000人,击落击伤敌机270余架,击毁击伤大口径火炮61门,坦克14辆。

"联合国军"总司令克拉克在他的回忆录《从多瑙河到鸭绿江》中也沮丧地说:"'金化攻势'发展成为一场残忍的挽回面子的恶性赌博。""事实证明,这次作战是失败了。"

上甘岭这座本来无人知晓的普普通通的山峰,现已扬名世界。正如中国人民志愿军副司令员杨得志将军所说的:"我们和我们的敌人都把它作为一种象征,谁也不会忘记它。"

在不到四平方公里的上甘岭阵地上,涌现出来的英雄和他们的光辉事迹,已经传遍朝鲜三千里江山,传遍中国大地。在这次反击战中,涌现了许多像黄继光、孙占元和刘保成这样的英雄,他们保家卫国、抗美援朝,用自己年轻的生命去捍卫世界和平。这种革命英雄主义的爱国精神正是我们伟大的中华魂。让我们子孙后代永远记住他们的名字。

拓展阅读

抗美援朝战争历程概览

抗美援朝战争是20世纪50年代初，中国人民组建志愿军，为援助朝鲜人民抵抗美帝国主义武装侵略、保卫中国安全而进行的战争。

中共中央作出"抗美援朝、保家卫国"的决策

1950年6月25日，朝鲜内战爆发。美国为了维护其在亚洲的霸权地位，推行侵略政策，立即出兵干涉。26日，美国总统H·S·杜鲁门命令美国驻远东的海、空军参战，支援南朝鲜军。27日，杜鲁门发表声明，宣布派兵入侵朝鲜，并令美国海军第七舰队侵入台湾海峡，侵占中国领土台湾。同日，联合国安全理事会在没有苏联和中国两个常任理事国参加的情况下，通过了美国提案，要求各会员国在军事上给南朝鲜以"必要的援助"。7月7日，联合国安理会又通过了美国关于设立联合司令部以统一指

挥在朝鲜的各国部队的提案，并委托美国提供人选。8日，杜鲁门任命美国远东军总司令D·麦克阿瑟为"联合国军"总司令（后由M·B·李奇微、M·W·克拉克继任）。

中国主张和平解决朝鲜问题，对于美国武装干涉朝鲜内政和侵占中国领土台湾表示极大义愤。6月28日，中华人民共和国中央人民政府主席毛泽东号召：全国和全世界的人民团结起来，进行充分的准备，打败美帝国主义的任何挑衅。同日，中国政府总理兼外交部长周恩来发表声明，指出：杜鲁门27日的声明和美国海军的行动，乃是对于中国领土的武装侵略，对于联合国宪章的彻底破坏。中国人民必将万众一心，为从美国侵略者手中解放台湾而奋斗到底。7月6日，周恩来再次发表声明，指出联合国安理会6月27日关于朝鲜问题的决议为非法，中国人民坚决反对。

为保卫中国东北地区的安全和在必要时援助朝鲜人民的反侵略战争，中央军事委员会（简称

拓展阅读

中央军委)根据毛泽东的提议,于7月13日作出《关于保卫东北边防的决定》,抽调第十三兵团及其他部队共25.5万余人,组成东北边防军。后又调第九、第十九兵团作为二线部队,分别集结于靠近津浦、陇海两铁路线的机动地区。

9月15日,美军趁朝鲜人民军主力在朝鲜南部洛东江地区作战之际,以其第十军于朝鲜西海岸仁川登陆,配合正面部队对朝鲜人民军实施两面夹击,并向北推进。战局发生了不利于朝鲜人民军的急剧变化。

9月30日,周恩来发表讲话,警告美国:中国人民决不能容忍外国的侵略,也不能听任帝国主义者对自己的邻人肆行侵略而置之不理。随后,中国政府又通过外交途径进一步向美国政府表明自己的态度。但是,美国政府无视中国政府的一再警告,于10月初令其侵略军越过北纬38°线(以下简称"三八线"),企图迅速占领全朝鲜。朝鲜民主主义人民共和国处境危急。与此同时,美军空军不断轰炸中朝边境的中国城镇和乡村，海军不断炮击中国渔船和商船，中国安全受到严重威胁。

当时，中华人民共和国建国伊始，十分需要一个和平的国际环境以恢复和发展经济。然而，美国硬要将战争强加到中国人民头上。中国人民忍无可忍，决心对付这一挑战。10月初，中国共产党中央委员会和毛泽东主席根据朝鲜劳动党、朝鲜民主主义人民共和国政府的请求和中国人民的意志，作出"抗美援朝、保家卫国"的决策，迅速组成中国人民志愿军，入朝参战，同朝鲜人民一起共同抗击美国侵略者。为在军事上掌握主动，中央军委对投入作战的兵力、后勤保障、武器装备以及国土防空、东南沿海防御等重大问题进行了周密部署。

1950年10月19日，中国人民志愿军在司令员兼政治委员彭德怀率领下，跨过鸭绿江，开赴朝鲜战场，与朝鲜人民军并肩作战。25日，揭开抗美援朝战争序幕。

协同朝鲜人民军实施战略性反攻作战，将

拓展阅读

"联合国军"打退到"三八线"南北地区。

从1950年10月25日—1951年6月10日,为抗美援朝战争第一阶段。这个阶段,中国人民志愿军和朝鲜人民军采取以运动战为主,与部分阵地战、游击战相结合的方针,因势利导,避强击弱,连续进行了五次战略性战役。其特点是:战役规模的夜间作战和很少有战役间隙的连续作战,攻防转换频繁,战局变化急剧。

改变防御作战计划,实施反击战役。志愿军入朝之前,为了有把握地进行作战,中央军委曾计划先组织防御,创造条件,然后再举行反攻。志愿军入朝后,在开进中发现美国为首的"联合国军"及其指挥的南朝鲜军前进甚速,志愿军已来不及先敌占领预定防御地区,且"联合国军"尚未发现志愿军入朝参战,正在分兵冒进,为志愿军在运动中歼敌提供了有利机会。毛泽东当机立断,于10月21日指示志愿军改变原定防御计划,采取在运动中歼敌的方针,指出:现在是争取战机问题,是在几天之内完成战役部署，以便几天之后开始作战的问题，而不是先有一个时期部署防御，然后再谈攻击的问题。10月25日，志愿军发起抗美援朝战争第一次战役，以1个军的主力配合朝鲜人民军在东线进行阻击，集中5个军另1个师于西线给"联合国军"以突然性打击，将其从鸭绿江边驱逐到清川江以南，挫败了"联合国军"企图在感恩节（11月23日）前占领全朝鲜的计划，初步稳定了朝鲜战局。

将"联合国军"打回"三八线"，扭转朝鲜战局。志愿军初战获胜后，彭德怀估计"联合国军"将继续进攻，决定采取诱敌深入的方针，以一部兵力节节抗击，主力后撤待机，准备在预定战场上各个歼灭敌人，并将战线推至元山、平壤一线。将刚入朝的第九兵团（3个军）部署在东线，其余6个军部署在西线。毛泽东批准了这一方针和部署。此时，志愿军在前线的作战兵力达38万多人，与"联合国军"22万人相比，数量占有优势；"联合国军"虽然已经发觉志愿

拓展阅读

军入朝参战，但却错误地估计志愿军参战只不过是为保卫边界，最多不超过六七万人。11月24日，"联合国军"发起旨在圣诞节结束朝鲜战争的总攻势。志愿军按预定计划，故意示弱，将"联合国军"诱至预定地区后，立即发起反击，给以出其不意的打击。"联合国军"兵败于西部战线的清川江两岸和东部战线的长津湖畔，被迫弃平壤、丢元山，分从陆路、海路退至"三八线"以南。志愿军在朝鲜人民军配合下，又赢得抗美援朝战争第二次战役的重大胜利，扭转了朝鲜战局。

为粉碎"联合国军"整军再战的企图，乘胜越过"三八线"。"联合国军"在战场上连遭失败，引起美国统治集团不安。为挽回败局，美国于12月14日操纵联合国大会通过成立所谓"朝鲜停战三人委员会"的决议，打出"先停火，后谈判"的幌子，企图争取时间，整军再战。同时，还以准备使用原子弹来恐吓中朝人民。为不给"联合国军"以喘息时机，在政治上取得更大主动,毛泽东决定志愿军立即越过"三八线"。据此,志愿军同朝鲜人民军一起于1950年除夕发起抗美援朝战争第三次战役。这次战役,采取稳进的方针,志愿军集中6个军,在人民军3个军团协同下,对依托"三八线"既设阵地进行防御的"联合国军"发起全线进攻,将其从"三八线"击退至北纬37°线附近地区,占领汉城,并适时停止了战役追击。

抗击"联合国军"反扑,实施积极防御作战。志愿军连续取得三次战役胜利后,中央军委为准备长期作战,决定志愿军部队采取轮番作战方针。这时,志愿军一线部队,由于连续作战,已相当疲劳,兵员、物资未及补充,因而主力转入休整,准备春季攻势。"联合国军"发现志愿军补给困难,第一线兵力不足,便迅速补充人员、物资,调整部署,于1951年1月25日恢复攻势。志愿军立即由休整转入防御,与朝鲜人民军一起,展开抗美援朝战争第四次战役。第一阶段以一部兵力在西部战线顽强抗击,集

拓展阅读

中主力6个军（军团）在东部战线横城地区对南朝鲜军实施反击，并取得了胜利，但未能打破"联合国军"主要方向上的进攻。第二阶段，为了以空间换取时间，掩护后续兵团到达，准备新的反击作战，遂在全线转入运动防御，节节抗击，消耗与疲惫"联合国军"。3月14日，中朝人民军队主动撤出汉城。4月21日，将"联合国军"扼制在"三八线"南北附近地区,志愿军后续兵团也完成了集结。

以进攻粉碎"联合国军"的侧后登陆计划，夺回战场主动权。当"联合国军"占领汉城向"三八线"推进时，麦克阿瑟同杜鲁门在侵朝政策上发生严重分歧，杜鲁门于4月11日撤销麦克阿瑟的职务，任命李奇微为"联合国军"总司令。"联合国军"再次越过"三八线"后，计划以侧后登陆配合正面进攻，将战线推进到朝鲜蜂腰部，即平壤、元山一线,建立新防线，以便在军事上、政治上取得有利地位。志愿军由于第十九、第三兵团的到达和原在元山地区休整的第九兵团重返前线，兵力已居优势。根据毛泽东提出的"战争准备长期，尽量争取短期"的指导方针，中朝人民军队决定以进攻粉碎"联合国军"的侧后登陆计划，歼灭其有生力量，夺回战场主动权。4月22日，中朝人民军队发起抗美援朝战争第五次战役。首先集中志愿军11个军和人民军1个军团于西线实施主要突击，再次越过"三八线"，直逼汉城；接着，志愿军又转移兵力于东线，同人民军一起给予县里地区的南朝鲜军以歼灭性打击。胜利后，中朝人民军队为保持主动，向北转移，准备新的作战，至6月10日，将战线稳定在"三八线"南北地区，从而结束了战争第一阶段的作战。

中朝人民军队历时7个多月的作战，将"联合国军"从鸭绿江边打退到"三八线"，共毙伤俘敌23万余人，为抗美援朝战争的胜利奠定了基础。

实行战略防御，边打边谈，胜利结束战争

从1951年6月11日—1953年7月27日，为

拓展阅读

抗美援朝战争第二阶段。这个阶段，中朝人民军队执行"持久作战、积极防御"的战略方针，以阵地战为主要作战形式，进行持久的积极防御作战。其特点是：军事行动与停战谈判密切配合，边打边谈，以打促谈，斗争尖锐复杂；战线相对稳定，局部性攻防作战频繁；战争双方都力图争取主动，打破僵局，谋求于自己更有利的地位。

实行战略转变，朝鲜停战谈判开始。第一阶段作战结束后，战争双方的军事力量趋于均衡，战场上形成了相持局面。"联合国军"投入到战场上的总兵力增至69万余人，中朝人民军队总兵力增至112万余人，其中志愿军为77万余人。但在技术装备上，中朝人民军队仍处于劣势。经过7个多月的军事较量，美国政府已认识到在日益强大的中朝人民军队面前，其侵朝战争已无取胜希望，如将主要力量长期陷于朝鲜战场，则对其以欧洲为重点的全球战略极为不利；加上国内外反战情绪日益高涨，因此，决定转入战略防御，准备以实力为基础，同中朝方面举行谈判，谋求"光荣的停战"。6月初，美国政府通过外交途径向中朝方面作出了通过停战谈判结束敌对行动的表示。中朝方面，经过五次战役的实践，也深感在现有武器装备条件下，要想在短时间内歼灭敌人的重兵集团是困难的。鉴于美国已表示愿意谈判，中央军委和毛泽东于1951年6月中旬，提出"充分准备持久作战和争取和谈达到结束战争"的战争指导思想和在军事上采取"持久作战、积极防御"的战略方针，要求志愿军作战应与谈判相配合、相适应。据此，志愿军适时进行战略转变，由运动战为主转变为阵地战为主，由军事斗争为主转变为军事、政治（外交）斗争"双管齐下"。为锻炼部队，提高作战能力，中央军委和毛泽东在作战指导上，还提出了"零敲牛皮糖"，由打小歼灭战逐步过渡到打大歼灭战的方针。

1951年7月10日，战争双方开始举行朝鲜停战谈判。从此，战争出现长达两年多的边打

拓展阅读

边谈的局面。

粉碎"联合国军"局部攻势和"绞杀战"、细菌战。1951年7月26日,停战谈判讨论军事分界线问题时,"联合国军"方面以补偿其海、空军优势为借口,无理要求将军事分界线划在中朝人民军队战线后方,企图不战而攫取1.2万平方公里土地。遭到朝中方面坚决拒绝后,竟企图以军事进攻迫使朝中方面就范。8月中旬~10月下旬,"联合国军"采取"逐段进攻,逐步推进"的战法,连续发动了夏、秋季局部攻势。并从8月开始,实施了长达10个月的以切断中朝人民军队后方供应为目的的"空中封锁交通线战役",即"绞杀战"。1952年初,美军对中朝军民还秘密地进行了细菌战。对此,中朝人民军队予以有力地回击,取得了抗美援朝战争1951年夏秋防御战役、反"绞杀战"和反细菌战的胜利,并在反"绞杀战"斗争中建成"钢铁运输线"。在此期间,中朝人民军队为配合停战谈判,还主动进行了战术反击作战,收复许多前

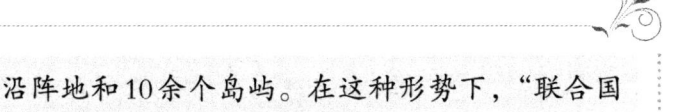

沿阵地和10余个岛屿。在这种形势下,"联合国军"方面被迫放弃无理要求,于11月27日同朝中方面达成以实际接触线为军事分界线的协议。

攻守均处主动,进行全线战术反击和上甘岭战役。1952年春,"联合国军"方面为强迫扣留朝中战俘,提出所谓"自愿遣返"的原则,反对朝中方面提出的全部遣返的主张,使停战谈判陷入僵局。此时,"联合国军"接受了发动夏、秋季局部攻势受挫的教训,采取以小规模的进攻行动和空军的破坏活动,维持其防线和配合其谈判。

志愿军为坚持持久作战,巩固已有阵地,创造性地建成了以坑道工事为骨干、同野战工事相结合的支撑点式的坚固防御体系。从而由带机动性质的积极防御,转为带坚守性质的积极防御;由主要用于坚守战线、消耗敌人的阵地防御,逐渐转向以歼灭敌人为主的阵地进攻;攻防作战均处于更加主动地位。随着阵地的不

拓展阅读

断巩固,中朝人民军队在打小歼灭战的思想指导下,广泛开展小部队战斗活动,袭击和伏击"联合国军",抢占中间地带,夺取其突出的前沿阵地和支撑点,并逐渐扩大作战规模。1952年秋,中朝人民军队有组织有计划地在全线进行具有战役规模的战术反击作战,攻占了"联合国军"许多营以下阵地(见抗美援朝战争1952年秋季战术反击作战)。接着又取得了上甘岭战役的胜利,粉碎了"联合国军"发动的规模较大、持续时间较长的"金化攻势"。

进行反登陆作战准备。1952年冬,朝鲜停战谈判仍无进展。新当选的美国第34届总统艾森豪威尔表示,如果谈判还不成功,就要不顾一切危险全力发动一场进攻。为此,"联合国军"总司令克拉克组织了专门小组,制定进行侧后登陆的计划。中朝人民军队从1952年底起,开始进行大规模的反登陆作战准备,加强了朝鲜东西海岸的防守兵力和防御阵地,囤积了大量的作战物资。正面战场也作了充分准备。至

1953年4月全部完成反登陆作战准备工作，"联合国军"被迫放弃进行军事冒险计划，于4月26日同朝中方面恢复中断6个月之久的停战谈判。

发起夏季反击战役，促进停战实现。志愿军根据毛泽东关于"争取停、准备拖。而军队方面则应作拖的打算，只管打，不管谈，不要松劲"的指示，为促进停战实现，与人民军一起，发起抗美援朝战争1953年夏季反击战役。从5月中旬开始，先后对"联合国军"进行三次不同规模的进攻。经第一、第二次进攻作战，迫使"联合国军"方面作出妥协。6月8日，关于战俘遣返问题达成协议；6月15日，按照协议重新调整军事分界线的工作也将完成，在停战协定即将签署之际，南朝鲜当局却以"就地释放"为名，强迫扣留战俘，并公然声称要"单独干"、"北进"，企图破坏协议的签订。中朝人民军队为实现有效的停战和停战后处于更有利地位，决定再给南朝鲜军以打击，于7月中旬发起

拓展阅读

以金城战役为主的第三次进攻作战,迫使"联合国军"方面向朝中方面作出实施停战协定的保证,有力地促进了停战的实现。

战争第二阶段,中朝人民军队共毙伤俘敌72万余人。

1953年7月27日,战争双方在朝鲜停战协定上签字。至此,历时2年零9个月的抗美援朝战争,以中朝军民的胜利和美国的失败而告结束。

抗美援朝战争的特点及其胜利的重大意义

在这场战争中,美国将其陆军的三分之一、空军的五分之一、海军近半数的兵力投入到朝鲜战场,使用了除原子弹以外的所有的现代化武器,然而却遭到失败。志愿军毙伤俘敌71万余人。美军在朝鲜战争中消耗各种作战物资7300余万吨,用于战争的经费达830亿美元。志愿军伤亡、失踪36万余人,消耗各种作战物资560余万吨,用于战争的经费为62亿元人民币。

这场战争的突出特点是：(1) 它是一场规模较大的国际性局部战争，政治斗争、军事斗争交织进行，复杂尖锐，两军较量异常激烈。在一个幅员狭小的战场上，战争双方投入大量兵力、兵器，到战争结束时，双方兵力总共达300多万人。喷气式飞机广泛使用于战场。战场上的兵力密度、某些战役战斗的炮火密度、美国空军轰炸密度都超过了第二次世界大战。(2) 战争双方武器装备优劣相差悬殊。美国是资本主义世界最大的工业强国，美军具有第一流的现代化技术装备，掌握着制空权和制海权，实行现代化诸军、兵种联合作战,但进行的是非正义的侵略战争,失道寡助，内部矛盾重重。中国经济落后，志愿军武器装备处于明显劣势，基本上是靠步兵和少量炮兵、坦克部队作战。后虽有少量空军，也只能掩护主要交通运输线。但中朝人民军队所进行的是正义的反侵略战争，得到了中朝人民的全力支持和全世界爱好和平人民的支持，有巨大的政治优势。(3) 战争的

拓展阅读

主要战场是在东西濒海、地幅狭长、山高林密的朝鲜半岛北半部,便于实施登陆作战和利用山地隐蔽军队、组织防御,但不便于发挥现代化技术装备的效能和大兵团实施广泛机动。(4)志愿军出国作战,就地补给或取之于敌都较困难,一切作战物资基本上靠国内供应,而且交通工具落后,加之美国空军的封锁破坏,供应困难,作战行动受到很大影响。"联合国军"依赖其现代化装备,能迅速完成补给,保障作战。这些特点,都制约着战争双方的战争指导,影响着战争的进程和结局。

志愿军在中国共产党和毛泽东主席领导下,坚持按照一切从实际出发、实事求是的思想路线指导战争,以高度的国际主义和爱国主义精神,以顽强的意志、无比的勇敢和智慧,战胜了许多困难,同朝鲜人民军并肩作战,取得了战争的胜利。

抗美援朝战争的胜利,具有重大历史意义:(1)中国人民志愿军同朝鲜人民军一起保卫了朝鲜民主主义人民共和国，保卫了中华人民共和国的安全，为维护世界和平、促进世界人民反帝斗争作出了重要贡献。中国人民志愿军打出了军威、国威，提高了新中国的国际威望。（2）这场战争极大地激发了中国人民的爱国主义、国际主义精神，增强了民族自信心和自豪感，有力地促进了国民经济的恢复和发展。（3）这场战争由于双方都面对新的战场、新的作战对象，因而作战样式、战略战术的运用，都有别于过去进行的战争。喷气式飞机的大量使用、直升机直接用于作战、以坑道为骨干支撑点式防御阵地体系的形成，给以后的战争提供了新经验，促进了军事学术的发展。（4）中国人民志愿军不仅圆满地完成了祖国人民赋予的光荣使命，而且在战争中学习战争，取得了以劣势装备战胜优势装备之敌的宝贵经验，丰富和发展了毛泽东军事思想，促进了中国国防和军队的现代化建设。

中华魂·百部爱国故事丛书
提　要

《誓与禁烟相始终——民族英雄林则徐》

　　林则徐严禁鸦片，坚决抵抗西方列强的侵略，坚持维护国家主权和民族利益。他是中国近代历史上第一位睁眼看世界的人，是抗击帝国主义殖民侵略的第一人，是中华民族抵御外侮过程中伟大的民族英雄。

《血洒虎门御敌寇——抗英将军关天培》

　　民族英雄关天培，在第一次鸦片战争中为了抗击英国侵略者的入侵而血洒虎门，为国捐躯，谱写了一曲可歌可泣的英雄赞歌。关天培用他的生命，书写了中国人民反抗外侮的历史。

《威震镇海靖节魂——抗敌英雄裕谦》

　　在第一次鸦片战争期间的众多牺牲者中，有一位官阶最高，他就是两江总督裕谦。裕谦与外国侵略者斗争立场坚定，与国内妥协派、投降派斗争态度坚决。裕谦督战镇海，与英国侵略军浴血奋战，临危不惧，以身报国，浩气长存。

《斩邪留正解民悬——太平天国领袖洪秀全》

　　农民出身的洪秀全，从失意文人到起义领袖，经历了长期的思想演变过程，在外敌入侵、清朝政府腐朽的历史环境之下，顺应时代的潮流，成长为一位非凡的历史英雄人物，建立了与清朝政府相抗衡的农民政权——太平天国。

《仰承汉唐　荟萃中外——近代数学家李善兰》

　　李善兰是我国19世纪重要的科学家之一，在数学、天文学、力学等方面都有重大建树。他继承了我国古代数学的成就，又以极大的热情传播西方科学文化，"仰承汉唐，荟萃中外"，把自己的一生献给了科学事业。

《严谨治学　勇于探索——近代著名数学家华蘅芳》

　　华蘅芳，中国近代数学家之一。其精通中国古算学，并熟练掌握西方近代数学，是中国验证抛物线并著书立说的参与者。为了证明"外国有的，中国也能造"而鞠躬尽瘁，在引进西方科学技术、传播科学知识上贡献卓著。

《折冲樽俎护山河——近代著名外交家曾纪泽》

　　曾纪泽是中国近代史上著名的爱国外交家，在中俄伊犁交涉事件中，他秉承抵抗列强、保卫国家的坚定意志，利用外交手段全力同沙俄抗争，捍卫了国家主权、民族尊严，收回了祖国的领土，在近代中国外交史上留下了光辉的一页。

《甲午海战留英名——民族英雄邓世昌》

　　邓世昌，北洋水师名将。本书以邓世昌的成长过程为线索，以代表性的历史故事为主要内容，还原真实的历史事件，突出鲜明的人物性格。邓世昌因在中日甲午海战中突出的英雄气概而名垂史册，书写了伟大的爱国主义篇章。

《誓与舰队共存亡——北洋水师提督丁汝昌》

　　丁汝昌处在清朝政府的腐朽和李鸿章的专断下，难以施展爱国的抱负，壮志未酬，愤恨而终。但丁汝昌为建立近代海军作出的巨大贡献，带领北洋舰队爱国官兵勇抗强敌的英雄事迹，将永远为后代所传颂。

《镇南关上凯歌扬——抗法老英雄冯子材》

　　1885年中法战争中，年逾古稀的冯子材为抵御外国侵略，勇赴国难，大败法军于镇南关，并乘胜追击，接连收复文渊、谅山等地，从根本上扭转了中法战争的局面，成为近代民族英雄的杰出代表。

《屡败法军逞英豪——黑旗军将领刘永福》

刘永福是黑旗军的创建者，是农民出身的杰出军事家、政治活动家。在19世纪发生的援越抗法、中法战争中，他率部与帝国主义侵略者进行了殊死的战斗，建立了卓越的功勋，成为我国近代史上著名的民族英雄，为后世所景仰。

《矢志变法强国家——戊戌变法领袖康有为》

康有为是清末民初最有影响力的思想家之一。他领导了中国知识界的启蒙运动，掀起了一场自上而下的政体改革。他最早在中国提出了立宪政体和具体的宪政方案，主张在坚持儒家传统和帝制的前提下，学习西方经验，他的进步思想对近代中国具有深远的影响。

《开民智以报国　普新知而图强——戊戌变法思想家梁启超》

梁启超，中国近代史上著名的政治活动家、启蒙思想家、史学家、文学家、戊戌变法领袖之一。本书以百日维新思想家梁启超的成长过程为线索，以代表性的历史故事为主要内容，还原真实的历史事件，突出鲜明的人物性格。

《我自横刀向天笑——维新志士谭嗣同》

谭嗣同在民族危机的严重时刻，投身改革救中国的洪流。为了带给祖国一个光明的未来，紧要关头，他挺身而出，用自己的鲜血激励后人，把宝贵的生命献给了变法事业。

《睡乡敢遣警世钟——用生命警策国人的陈天华》

陈天华是民主革命的活动家和宣传家。他写的《猛回头》《警世钟》等书，起到了革命启蒙的重大作用。为了激发留日学生的爱国情怀，他不惜投海自杀，演出了近代史上感人至深的一幕，给后人留下了难忘的印象。

《革命军中马前卒——民主斗士邹容》

革命乃"至尊极高，独一无二，伟大绝伦之一目的"；它是"天演之公例,世界之公理,顺乎天而应乎人"的伟大行动。因此,必须"仗义群兴革命军"。他激情高呼:"革命独子万岁!中华共和国万岁!"这就是《革命军》的作者,中国近代著名资产阶级革命宣传家邹容。

《休言女子非英物——鉴湖女侠秋瑾》

为民族解放和妇女解放而英勇斗争的秋瑾,冲破封建礼教的思想牢笼,打碎封建精神枷锁,崇仰真理,追求光明,主张共和,坚持男女平等,最终献出了自己年轻的生命。

《血溅校场 杀身成仁——民主斗士徐锡麟》

本书讲述了反清志士徐锡麟弃文从武、投身反清革命事业,最终被清政府杀害的故事。出于对国家的热爱,徐锡麟献出自己的生命,他的事迹将永远激励后人深切缅怀这位民主革命的先驱。

《生可死耳 我志长存——献身民主的禹之谟》

禹之谟,民主革命党人,同盟会会员,近代资产阶级革命家、实业家。1886年,20岁的禹之谟"提三尺剑,挟一卷书"游历四方,研究西方社会政治学说,忧国忧民之心日趋强烈。戊戌变法失败,他丢掉改良幻想,倡革命救亡之说,走上民主革命道路。

《物竞天择 适者生存——资产阶级启蒙思想家严复》

严复是中国近代著名的启蒙思想家、翻译家和教育家。他长期从事教育和翻译事业,为近代中国人才培养和思想启蒙做出了重要贡献,同时他也为中国的翻译事业和中西思想文化交流做出了重要贡献。

《辛亥革命急先锋——资产阶级革命家黄兴》

黄兴,清末民初资产阶级革命家,中华民国开国元勋。黄兴在武昌首义及辛亥革命时期的爱国表现,与孙中山闻名于当时,常被时人以"孙黄"并称。本书以资产阶级革命活动实干家黄兴的成长过程为线索,歌颂了先辈伟大的爱国主义精神。

《矢志革命 百折不回——近代民主革命家廖仲恺》

廖仲恺追随孙中山踏上了创立民国与捍卫共和制的旧民主主义革命

之路；在新民主主义革命时期，他为建立、巩固首次国共合作和实施三大政策，英勇奋斗，为国殉职，洒尽了一腔热血。

《将军拔剑南天起——护国英雄蔡锷》

蔡锷是中国近代史上的杰出军事家、爱国者。他的一生短暂而伟大。辛亥革命爆发，他毅然投身于革命洪流之中，领导云南重九起义，对武昌起义积极响应。袁世凯窃国复辟、恢复帝制的阴谋暴露出来以后，他又毅然举起了武装讨袁的旗帜。

《反帝反封建运动——五四青年的爱国故事》

五四运动是一次伟大的反帝反封建的爱国运动；是一个伟大的历史转折点；是中国人民的斗争从挫折走向胜利的一个关节点，它为中国的前进开辟了一条全新的道路，拉开了中国新民主主义革命的序幕。

《思想自由　兼容并包——著名教育家蔡元培》

蔡元培是中国近现代著名的民主革命家和教育家，一生经历风雨，却始终信守爱国和民主的政治理念，致力于废除封建主义的教育制度，奠定了我国新式教育制度的基础，为我国教育、文化、科学事业的发展做出了富有开创性的贡献。

《为国家争光　为民族争气——中国铁路之父詹天佑》

詹天佑是我国最早的杰出铁道工程师，因主持建造京张铁路而闻名中外，被誉为"中国铁路之父"。他为祖国的铁路事业贡献了毕生的精力。本书向读者展示了詹天佑热爱祖国、科技兴国的辉煌人生。

《实业救国　衣被天下——轻工之父张謇》

张謇是爱国实业家、教育家。他年轻时中过状元。过了40岁，开始投身工商实业活动中，他的名言是"富民强国之本在于工"。在南通，创办大生丝厂、银行等各种实业。并将创办实业的大部分所得投入教育。他的观点是，教育和实业一样，也是"富强之大本"。

《心向革命　追求光明——平民将军冯玉祥》

冯玉祥将军"是一位从旧军人转变而成的坚定的民主主义战士"。

抗日战争期间，他辗转各地，用实际行动积极抗战。日本战败投降后，他为了断绝美国的援蒋内战，又在美国四处演说，揭露蒋介石统治之黑暗，痛斥美国阴谋分裂中国的不良行为。

《刑场上的婚礼——革命烈士周文雍　陈铁军》

周文雍是广州起义的主要领导人之一。陈铁军出身于华侨商人家庭，却毅然投身革命洪流。1928年1月，两人接受派遣，回到广州假扮夫妻从事革命斗争，却不幸被捕。临刑前，两位烈士将敌人的枪声当作自己婚礼的礼炮，用生命和爱情谱写出一曲千古绝唱。

《星星之火　可以燎原——井冈山斗争的故事》

1927—1929年，毛泽东、朱德等老一辈革命家，在井冈山创建了农村革命根据地，进行了艰苦卓绝的斗争，建立了新型革命武装，点燃了工农武装革命之火，找到了农村包围城市最后夺取政权的中国革命的正确道路。

《新民学会的主要发起人——中国共产党早期革命家蔡和森》

蔡和森青年时期曾与毛泽东等人一起组织进步团体新民学会，参加五四运动，并在赴法国勤工俭学时研读大量马克思主义著作，回国后以满腔热忱投身革命事业，成为中国共产党早期重要的理论家和宣传家。

《威震黄浦江畔　高奏抗日壮歌——一·二八淞沪抗战》

面对日本侵略者的挑衅，十九路军在蒋光鼐、蔡廷锴的带领下，高举义旗，奋力一搏。一·二八淞沪抗战，是中国军人捍卫军人荣誉和祖国尊严所发出的吼声，谱写了一曲抗击日军侵略的英雄壮歌。

《将军恨不抗日死——慷慨就义的吉鸿昌》

在国难深重的20世纪30年代，吉鸿昌将军因拒绝执行国民党指示，坚决不打内战，被迫携眷出国"考察"。回国后，他加入中国共产党，组织了民众抗日同盟军，英勇打击日本侵略者，后于1934年11月被国民党反动派杀害。

《献身革命　甘于清贫——梅岭忠魂方志敏》

大革命失败后,方志敏凭着"两条半步枪"起家,身经百战,创建了赣东北革命根据地和红十军。本书真实记录了方志敏投身于革命、领导红军和敌人进行艰苦卓绝斗争的经历,歌颂了烈士贫贱不移、威武不屈、献身革命的高尚品质。

《奏响中华最强音——人民音乐家聂耳》

聂耳在他有限的生命中创作了数十首革命歌曲,在抗日救亡运动中,聂耳的这些歌曲产生了广泛深远的影响。他的音乐创作为中国无产阶级革命音乐的发展指明了方向,树立了榜样。

《横眉冷对千夫指——中国文化革命主将鲁迅》

鲁迅不但是伟大的文学家,而且是伟大的思想家和伟大的革命家。在那风雨如晦的黑暗年代里,他以笔为投枪,同一切帝国主义和反动派进行了顽强的战斗,为中国人民树立了一个不朽的丰碑。他是新文化战线上的一面光辉旗帜,是我们伟大民族的灵魂。

《铁流两万五千里——红军长征的故事》

红军长征是人类历史上的一次伟大的壮举。第五次反"围剿"失败后,中国工农红军的三大主力在极端艰难的条件下,突破国民党军队的围追堵截,进行了史无前例的战略大转移,总行程达两万五千里以上。途中发生了许多动人故事,至今令人难以忘怀。

《荣辱不移革命志——创建陕北红军的刘志丹》

刘志丹是杰出的无产阶级革命家、军事家,西北红军和西北革命根据地的主要创始人之一。他一生热爱人民,追求真理,英勇善战,百折不挠,艰苦奋斗,忠心赤胆,为创建红军和革命根据地、为中国人民的解放事业建立了不可磨灭的功勋。

《英名永存北平城——爱国将领佟麟阁　赵登禹》

1937年7月28日,日军向北平郊区发动进攻。第二十九军副军长佟麟阁奉命在南苑率部与日军苦战,腿部受伤,头部被敌机炸伤,壮烈殉国。第一三二师师长赵登禹指挥部队顽强抵抗日军，右臂中弹负伤，仍继续作战。后在转移途中遭日军截击而牺牲。

《八百壮士　四行仓库铸军魂——谢晋元和他的战友们》

八一三抗战，中国军人以血肉之躯揭开全面抗战的帷幕。这是一场血战，是中国军人不屈不挠的英雄诗篇，其中的八百壮士守四行，成为这首英雄颂歌中最动人、最凄美的音符。一曲四行保卫战，铸就了不屈的军魂。

《八女投江　气贯长虹——八位抗联女战士》

抗日战争时期，以冷云为首的东北抗日联军8名女战士，为捍卫民族尊严，面对凶残的日寇，镇定自若，宁死不屈，投江殉国，表现了中华民族同敌人血战到底的英雄气概。她们的光辉形象，激励着千千万万的后来人。

《艰苦抗战　威震敌胆——著名抗日英雄杨靖宇》

杨靖宇将军是我国著名的抗日民族英雄。曾先后担任磐石游击队政治委员、东北抗日联军第一军军长兼政委、抗日联军总司令等职。领导军民对日寇坚持了长达9个年头的艰苦卓绝的斗争，最终以身殉国。

《死也不当亡国奴——镜泊抗日英雄陈翰章》

陈翰章，从1932年8月投笔从戎，直到1940年12月8日为抗击日本侵略者，战死在镜泊湖畔。他在抗日疆场上奋战了九年，他那可歌可泣的英雄事迹将永为人们永世传颂。

《名将殉国　气壮山河——抗日将军张自忠》

著名抗日将领、民族英雄张自忠，生于忧患的时代，抱有"宁为百夫长，胜作一书生"的志向，经历过失败与低谷，最终成就了慷慨人生。本书主要以人物活动为主，勾画出一个真正的"民族魂"鲜活的人生，会带给读者振奋的力量。

《宁死不辱战士名——狼牙山五壮士》

1941年日寇在河北易县"扫荡"。为掩护群众和主力部队撤退，五位八路军战士毅然把敌人引上了狼牙山棋盘坨峰顶绝路。弹尽粮绝、无路可退，五位英雄纵身跳下了万丈悬崖，用生命和鲜血谱写出一曲惊天地泣鬼神的壮举。

《太行浩气传千古——抗日名将左权》

左权，中国工农红军和八路军高级指挥员，著名军事家。是八路军在抗日战场上牺牲的最高指挥员。名将阵亡，太行山为之垂首，全党为之悲痛。周恩来称他"足以为党之模范"，朱德赞誉他是"中国军事界不可多得的人才"。

《虎将兴关外　抗倭统雄师——抗联英雄赵尚志》

本书描写了久经考验的共产党员、东北抗联的创建者和主要领导人赵尚志，在艰苦卓绝的条件下，坚持抗战，威震敌胆，战功卓著，忍辱负重，忠贞不屈，为国捐躯的英雄故事，为青少年读者呈上一部爱国主义的佳作。

《黄埔之英　民族之雄——抗日名将戴安澜》

抗日名将戴安澜，先后参加保定、漕河、台儿庄、武汉、昆仑关等战役，作战英勇，屡建奇功；入缅作战，"扬威国外，藉伸正义"；守东瓜，复棠吉；殒身缅北，遗恨丛林，马革裹尸，成就了光辉的一生。

《爱国志士　民主先锋——新闻出版家邹韬奋》

本书讲述了邹韬奋献身新闻出版事业的奋斗历程，展现了一位新闻工作者坚定的革命信念和炽热的爱国主义精神，全心全意为人民服务、为读者服务的奉献精神，歌颂了他的高尚情操和优良品质。

《为抗战发出怒吼——人民音乐家冼星海》

人民音乐家冼星海，青年时期在巴黎求学，饱尝屈辱与磨难；学成后毅然回到多灾多难的祖国，用满腔热忱谱写激昂的音乐，鼓舞中华儿女的斗志；奔赴延安，谱写出不朽的名作《黄河大合唱》，发出中华民族抗日救亡的怒吼。

《全民皆兵　抗击日寇——抗日战争的故事》

　　中国人民进行的十四年抗战，是一百多年来中国人民反对外敌入侵第一次取得完全胜利的民族解放战争。这场战争是以国共两党合作为基础，有社会各界、各族人民、各民主党派、抗日团体、社会各阶层爱国人士和海外侨胞广泛参加的全民族抗战。

《捧着一颗心来　不带半根草去——人民教育家陶行知》

　　陶行知是我国现代教育史上伟大的人民教育家、教育思想家。他从青年起就立志献身教育事业，以"捧着一颗心来，不带半根草去"的赤子之心，为人民的教育事业鞠躬尽瘁。

《为民主与和平拍案而起——民主斗士闻一多》

　　闻一多早年与梁实秋等人发起成立清华文学社。赴美留学期间由对祖国的深深眷恋而创作著名的《七子之歌》。后在西南联大任教8年，积极投身于抗日运动和争取民主的斗争，发表了著名的《最后一次讲演》。

《铁窗难锁钢铁心——革命先烈王若飞》

　　王若飞是我党早期杰出的无产阶级革命家。在艰苦卓绝的斗争中，他出生入死，屡建奇功，以超人的睿智和胆略，在敌人的监狱中，同敌人展开了殊死的较量，为抗战的胜利和新中国的诞生做出了卓越的贡献。

《横扫千军　还我河山——抗联名将李兆麟》

　　李兆麟是东北抗日联军创建人之一，他率领抗日联军历尽千难万险与日本侵略者浴血奋战，在极其艰苦的条件下，保存了抗日联军的有生力量，为东北光复做出了重大贡献。

《锄头开出新天地——解放区大生产运动》

　　为了解决困难，渡过难关，党中央号召党政军民齐动手，开展大生产运动。中国共产党在其控制区域内发动的一场军队屯田和鼓励生产的群众运动，达到了自己动手丰衣足食，共度难关，既进行革命又进行生产自足的目的。

《生的伟大　死的光荣——女英雄刘胡兰》

刘胡兰，坚贞不屈的少年女英雄。生前对我国劳动人民的解放事业无限忠诚，在敌人威胁面前，大义凛然，毫无惧色，英勇牺牲，表现了共产党员的高贵品质。

《饿死不领美国救济粮——爱国知识分子的楷模朱自清》

朱自清作为爱国知识分子的典型，以锐利的笔锋直言痛斥反动政府的暴行，体现了他崇高的爱国情怀和不畏恶势力的精神品格。毛泽东曾给朱自清先生以高度评价："一身重病，宁可饿死，不领美国的'救济粮'"，"表现了我们民族的英雄气概"。

《为了新中国前进——舍身炸碉堡的董存瑞》

伟大的英雄，中国人民的儿子董存瑞，从儿童团长成长为一名光荣的解放军战士，在1948年解放隆化县城时，舍身炸碉堡，为新中国献出了自己年轻的生命。他的英雄形象永远留在人民心里。

《宁死不屈的共产党员——革命烈士江竹筠》

江竹筠，就是著名的江姐。1947年春，她负责《挺进报》工作，只几个月的时间，报纸就发行到1600多份，引起了敌人的极大恐慌。由于叛徒出卖，江姐不幸被捕，惨遭毒刑的残酷折磨，仍坚贞不屈。最后被特务秘密枪杀，年仅29岁。

《抗美援朝　保家卫国——志愿军的战斗故事》

抗美援朝战争是中国人民志愿军为援助朝鲜人民、保卫祖国安全，与美国为首的"联合国军"发生的战争。在朝鲜牺牲的志愿军烈士们，他们英勇的战斗事迹、保家卫国的精神值得我们发扬光大。

《上甘岭上壮烈歌——黄继光和他的战友们》

在1952年10月的上甘岭战役中，黄继光和他的战友们在零号阵地半山腰被敌机枪火力点压制，此时，黄继光身上已经多处负伤，手雷也已全部用光。为了完成任务，减少战友的伤亡，他用自己的胸膛堵住正在扫射的敌机枪射孔，为反击部队扫清了前进的道路。

《诗书印画　全入神品——国画大师齐白石》

　　齐白石出身贫寒，做过农活，当过木匠，后改学雕花木工，从民间画工入手，摹古人真迹，学诗文书法，融汇古今，而诗、书、印、画俱佳；他将中国画的精神与时代的精神统一得完美无瑕，使中国画得到国际的重视，无愧于"国画大师"的称号。

《毕生为文化而奋斗——中国第一出版家张元济》

　　张元济参与、主持和督导商务印书馆近六十年，使其从简单的印刷企业转变为当时中国教育出版的旗帜。张元济一生爱书，在中华大地动荡不安的年代里，他用自己对文化的热爱，续存着中华民族灿烂悠久的文明之光。

《独树一帜　梨园大师——著名京剧表演艺术家梅兰芳》

　　梅兰芳，京剧大师，演唱风格独树一帜，世称"梅派"。曾先后赴日本、美国、苏联演出，并荣获美国波摩那学院和南加州大学的荣誉文学博士学位。作为一位爱国者，抗战期间蓄须明志，拒绝为日本人演出，为后世称颂。

《华侨旗帜　民族光辉——爱国侨领陈嘉庚》

　　陈嘉庚是著名的爱国华侨领袖、企业家、教育家、慈善家、社会活动家。他为辛亥革命、民族教育、抗日战争、解放战争、新中国的建设做出了卓越的贡献。生前被毛泽东誉为"华侨旗帜、民族光辉"。

《向雷锋同志学习——伟大的共产主义战士雷锋》

　　雷锋，一个平凡而伟大的共产主义战士，一心向着党，一生秉承着全心全意为人民服务、无私奉献的崇高思想；发扬刻苦学习和钻研理论的"钉子"精神；坚持勤俭节约、艰苦奋斗的优良作风。毛泽东为其题词："向雷锋同志学习。"

《人民的好公仆——县委书记的好榜样焦裕禄》

　　焦裕禄，被誉为县委书记的好榜样。他用自己的革命精神，展开了与大自然、与社会落后现象、与病魔的多重抗争，让我们领略到一个共产党人的生之伟大、死之壮美的人格品质和具有现实教育意义的精神魅力。

《文学巨匠　京味大师——人民作家老舍》

老舍是我国现代小说家、文学家、戏剧家。他用融入骨髓的真诚文字反映生活的喜怒哀乐。老舍的一生，总是在忘我地工作，他是文艺界当之无愧的"劳动模范"，生前被北京市人民政府授予"人民艺术家"的称号。

《革命老人——无产阶级教育家徐特立》

徐特立是一代伟人毛泽东的老师。他出生在贫苦家庭，大部分时间生活在动荡艰苦的年代；他刻苦勤奋，不畏艰辛，追求光明，一生勤俭，为革命培养了大量的人才；他对党和人民任劳任怨，鞠躬尽瘁。他坎坷奋斗的一生，留下了许多可歌可泣的故事。

《人生能有几回搏——新中国第一个世界冠军容国团》

容国团先后担任中国乒乓球队运动员、女队主教练。获得1959年男子单打世界冠军；1961年夺得男子团体世界冠军；作为中国女队主教练，1965年率女队第一次夺得女子团体世界冠军。他的"人生能有几回搏"的豪言，举国传诵。

《石油工人一声吼　地球也要抖三抖——铁人王进喜》

王进喜，新中国第一批石油钻探工人。他为祖国石油工业的发展和社会主义建设立下了不朽的功勋，在创造了巨大物质财富的同时，还给我们留下了宝贵的精神财富——铁人精神。他被评为"百年中国十大人物"，写入中华民族的光辉史册。

《做人民需要我做的事——著名地质学家李四光》

李四光是一位伟大的科学家，他一生从事地质学研究工作，足迹遍布祖国的山川，为祖国探明了许多地下宝藏；他创建了崭新的学说——地质力学；他历尽重重困难，为正确认识地质构造开辟了一条新路。

《中国化学工业的先驱——著名化学家侯德榜》

为摆脱纯碱需要进口的窘况，20世纪初，怀着"实业救国"梦想的中国化工先驱侯德榜等人创办了永利碱厂，并立志生产出中国人自己的碱。1926年，永利碱厂终于成功地生产出"红三角"牌纯碱，从此中国制碱业得以跨入世界先进行列。

《毕生求是　一丝不苟——著名科学家竺可桢》

著名科学家竺可桢献身科学研究；治学严谨，一丝不苟；一生廉洁，两袖清风；作风民主，爱护学生。他以爱国之心、报国之志，从一个民主主义者逐渐成长为一个共产主义战士。

《热爱自然的大地之子——著名植物学家蔡希陶》

蔡希陶，五十载风雨，五十载坎坷，五十载奋斗，五十载开拓，为了发现对人类生产、生活有用的植物及新物种的引进而做出巨大贡献，在中国的植物资源学史上将永远镌刻着他的名字。

《高洁无私的襟怀——知识分子的楷模蒋筑英》

蒋筑英是中国当代知识分子的先锋典范，他不为名，不为利，尊重科学；他以坚忍的毅力和顽强的作风，在科学的道路上呕心沥血，鞠躬尽瘁，无私地奉献了青春和生命。

《迎接新生命的天使——卓越的妇产科专家林巧稚》

林巧稚是国内外享有盛誉的妇产科专家。在五十多年的医学教育和临床实践中，林巧稚亲自接生了五万多婴儿，治愈了数千病人，培养了数以百计的专门人才，为我国的妇女儿童事业做出了不可磨灭的贡献。

《独自成千古　悠然寄一丘——国画大师张大千》

张大千是20世纪中国画坛最具传奇色彩的国画大师，无论是绘画、书法、篆刻、诗词无所不通。在艺术界深得敬仰和追捧，艺术家们用真挚的感情，用绘画和雕塑展现了"张大千"多彩的艺术形象。

《建造中国的通天塔——著名数学家华罗庚》

中国当代著名数学家华罗庚,为中国数学的发展做出了无与伦比的贡献,他是中国解析数论、典型群、矩阵几何等多方面研究的创始人与开拓者,也是我国最早将数学理论研究与生产实践紧密结合的科学家。

《问鼎长天　强我国威——两弹元勋邓稼先》

邓稼先是我国著名科学家,参加组织和领导我国核武器的研究、设计工作,从对原子弹、氢弹原理的突破和试验成功及其武器化,到新的核武器的重大原理突破和研制试验,作出了重大贡献。是我国核武器理论研究工作的奠基者之一,被誉为"两弹元勋"。

《敢叫天堑变通途——桥梁专家茅以升》

中国著名的桥梁专家茅以升从小立志为祖国建造桥梁,经过不懈努力,他不仅设计建造了一座座宏伟壮观、坚固实用的道路桥梁,而且搭建了一座座友谊之桥,为祖国建设作出了卓越贡献。

《蘑菇云之梦——核物理学家钱三强》

被誉为"中国原子弹之父"的核物理学家钱三强,更名后立志于科技报国;24岁投师于世界著名核物理学家居里夫妇;与夫人何泽慧合作,发现铀的"三分裂""四分裂"现象;统领我国的原子大军,做了大量创造性工作。

《两离桑梓地　满怀雪域情——领导干部的楷模孔繁森》

孔繁森,是一位一尘不染、两袖清风的好干部。两次进藏工作,历时十载,为西藏的建设、发展和稳定作出了突出的贡献。1994年11月,孔繁森不幸以身殉职。人民群众称他为新时期领导干部的楷模。

《摘取数学皇冠上的明珠——著名数学家陈景润》

陈景润是享誉世界的数学家,为了证明"哥德巴赫猜想",他以惊人的毅力在数学领域里艰苦跋涉,终于攻克了世界著名数学难题"哥德巴赫猜想"中的"1＋2",创造了中国乃至世界数学史上的辉煌。

《学术独步　饮誉四海——享有国际威望的科学家卢嘉锡》

卢嘉锡是一位在国际科学界享有崇高威望的物理化学家、化学教育家和科技组织领导者。1945年，卢嘉锡满怀"科学救国"的热忱回到祖国，对中国原子簇化学的发展起了重要推动作用，他所指导的新技术晶体材料科学研究，也取得了重大成绩。

《德艺双馨　梨园楷模——著名豫剧表演艺术家常香玉》

常香玉1941年赴陕甘演出。1948年在西安创办香玉剧社。1951年为支援抗美援朝，率剧社巡回西北、中南、华南各地演出，以演出收入捐献"香玉剧社号"战斗机一架，素有"爱国艺人"之誉。

《文学大师　激流勇进——著名作家巴金》

本书以巴金生平和主要事迹为线索，回顾和展示现代著名作家巴金的一生，以期让人们看到巴金在这风云变幻的100多年中，有过成功的欢欣，有过屈辱的磨难，有过痛苦的忏悔，有过平静的安宁。巴金的人生，映照着一代中国五四知识分子坎坷而不平凡的命运。

《壮心系科学　孜孜为国昌——理论化学家唐敖庆》

本书讲述了唐敖庆从出国求学、学业有成、回国任教，到服从安排、艰苦工作、刻苦钻研，最终成为中国量子化学奠基者的过程。让人们看到了这位著名化学家的赤心爱国、严谨治学、大公无私的崇高品格和科研上的卓越成就。

《中国导弹之父——著名科学家钱学森》

当第一颗原子弹升空的时候，当中国的人造卫星奏响《东方红》的时候，当中国运载火箭腾空而起的时候，当中国研制的导弹准确命中目标的时候，人们都会想起他的名字：中国导弹之父钱学森。

《中国近代力学的奠基人——著名科学家钱伟长》

钱伟长曾以中文和历史两个100分的成绩考入清华大学。九一八事变后，钱伟长毅然放弃了文科的学习而转为理科。他是中国近代力学、应用数学的奠基人之一，在固体力学、流体力学以及航空航天领域，取

得了卓越的成就，为新中国的现代化建设付出了毕生的精力。

《中国光学科学的奠基人——著名科学家王大珩》

王大珩是我国著名的科学家，中国光学科学的奠基人。他先在清华就读，后赴英国求学，学业有成，立志科学救国，其成就享誉神州。他以科学的求是精神和赤诚的爱国情怀，探索着中国光学发展的闪光之路。